I0564804

NOUVELLES

MÉLODIES

POÉSIES

PAR THÉOPHILE BOSQ.

MARSEILLE.

Joseph CLAPPIER, IMPRIMEUR-EDITEUR,

St-Ferréol, 27

—

1851

NOUVELLES

MÉLODIES

NOUVELLES
MÉLODIES

POÉSIES

PAR THEOPHILE BOSQ.

MARSEILLE,
IMPRIMERIE Joseph CLAPPIER,
St-Ferréol, 27.

—

1850

Ce volume n'est, pour ainsi dire, que la seconde partie de celui qui fut publié, il y a
quatre ans, sous le titre de *Mélodies*.

La plupart des pièces qui le composent sont
de la même date que les pièces du livre précé-
dent ; quelques-unes , seulement , sont plus
récentes.

L'auteur ne croit pas ces remarques inuti-
les, de peur qu'on ne cherche un progrès là où
il ne peut en exister, et qu'alors la comparaison
du premier volume avec celui-ci , ne nuise,
dans l'esprit du critique ou des lecteurs, à cette
nouvelle publication.

Voulant s'essayer désormais à des composi-
tions plus sérieuses, il livre à l'impression tout
ce qu'il a jugé le moins digne d'oubli parmi les
inspirations recueillies dans la première moi-
tié de son humble carrière littéraire.

On a témoigné le désir de voir reproduire ici le poème de *Noéma*, publié en 1836, la première édition se trouvant depuis longtemps épuisée. Ce premier essai fut accueilli par la presse avec une faveur dont l'auteur a conservé la plus vive reconnaissance. Puisse-t-il, ainsi que le volume, obtenir encore cette faveur, au milieu de circonstances si peu propices à l'apparition d'un livre de poésies.

NOÉMA

ou

LES AMOURS D'UN ANGE.

Videntes filii Dei filias hominum quòd essent pulchræ, acceperunt sibi uxores ex omnibus quas elegerant.

GENESIS. C. VI, V. 2.

——

Les anges voyant la beauté des filles des hommes, se choisirent des épouses parmi elles.

GENÈSE, C. VI, V. 2.

✳

INVOCATION.

Toi que les plaintes du poète
Ont fait soupirer tant de fois,
Qu'un vent du ciel, harpe muette,
Seul te rende aujourd'hui la voix,
Afin qu'à ce souffle sublime
Ta corde vibrante ranime
Un souvenir des premiers jours,
Quand les anges, avec mystère,
Venaient aux filles de la terre
Révéler leurs pures amours.

Eveille-toi, soupir de l'âme,
Comme une timide beauté
Qui sent d'une première flamme
Son cœur ingénu tourmenté;
Chante comme le barde antique
Quand il exhale le cantique
De son hymen mystérieux,
Et monte blanche et virginale
Ainsi qu'une aile matinale
Que le jour dore dans les cieux.

I

ELDOA.

Dans les chœurs rayonnants des divines phalanges
Les Cieux voyaient sur tous briller un couple d'anges :
Eldoa, Néloé, noms unis par l'amour,
Fleurs des jardins vivants du céleste séjour,
De l'esprit créateur radieuse pensée !
Leur aile en même temps dans les Cieux élancée
Ensemble les portait, comme deux sons égaux
Qui d'un seul cri d'amour frappent les saints échos :
Mais l'un se répandait dans son hymne infinie
Sans en ternir jamais la paisible harmonie ;
L'autre, parfois troublé d'un inconnu désir,
A leurs chants les plus purs mêlait quelque soupir.

Souvent un ciel du soir voit s'élever deux nues
D'un même nid de flamme écloses et venues,
Qui, portant dans leur sein un rayon du soleil,
Projettent leurs reflets dans leur sentier vermeil;
Elles vont... ; mais un vent des célestes campagnes
En fait échouer une aux crêtes des montagnes,
Et dans le temps que l'autre à ce vent protecteur
Se berce mollement dans toute sa splendeur,
Elle, sur les rochers se reposant éteinte,
Des ombres de la terre a pris la sombre teinte:

Tel des rayons du Ciel Eldoa dépouillé,
Et son front éclatant de nos ombres souillé,
Loin de son frère et loin des cohortes ailées,
Par un désir fatal tombé dans nos vallées,
Vint admirer ce globe aux flancs verts et flottants,
Bercé des premiers flots du long fleuve des temps.

Un jour, sous des rayons qui se jouaient dans l'ombre,
Il vit passer, rêveuse et sans nul bruit, une ombre....
Il semblait, au milieu de cette vapeur d'or,
Que cet ange terrestre allait prendre l'essor;
Car c'était une vierge éclose à peine, et l'ame
Inquiète et flottant dans sa naissante flamme.

Eldoa se penchant sur ce front gracieux
Crut avoir respiré quelque chose des Cieux,
Et dès ce jour, avec une chaste pensée,
Il tint sur Noéma son aile balancée,

Inspirant, invisible, à ce cœur virginal,
Les célestes désirs d'un amour idéal;
Mais au regard craintif de la vierge qu'il aime
Il n'avait pas osé se révéler lui-même ,
Quand sur son front dormant,comme d'un vase plein ,
Son angélique amour déborda de son sein :

« Comme l'esprit du soir, qui passe sur la terre,
» Inonde de fraîcheur le vallon solitaire,
» Fait soupirer le cèdre et le souple palmier !
» La terre sous son vol se ranime et palpite,
» Comme sous un frisson de volupté s'agite
        » L'aile tremblante du ramier.

» L'astre du jour que voile une cime ombragée,
» De sa flamme limpide , en rayons partagée,
» Sillonne des vallons la transparente nuit;
» Tout lutte entre le jour et le morne mystère :
» Dans chaque ombre pénètre un rayon de lumière
        » Et dans chaque silence un bruit.

» O terre, que le jour est doux dans tes vallées !
» Quel mystère est au fond de tes nuits étoilées !
» De quel nœud ineffable as-tu su me lier !
» J'ai tant bu ton air pur, tes parfums et tes larmes,
» Que j'oublirais les Cieux en contemplant tes charmes,
        » Si les Cieux pouvaient s'oublier !

» De tes plus forts liens pour enchaîner mon ame
» J'ai respiré l'amour dans le cœur d'une femme ;

» De ce vase épuré comme il sort enivrant!
» Voyez-la ! voyez-la ! celle sur qui je veille :
» Elle est comme l'agneau qui sans crainte sommeille
     » Dans un pâturage odorant !

» Sous ces lilas voisins, qu'un pâle jasmin lie,
» Son beau corps étendu courbe l'herbe amollie :
» Voyez comme elle dort sous cette grotte en fleurs !
» Pendante sur son front, la rose au lis s'enlace,
» Et son teint ne paraît qu'un reflet plein de grâce
     » Du mélange de ces couleurs.

» Sur son front éclatant, sa chevelure tombe ;
» Ainsi l'on voit le soir une blanche colombe
» Entre de noirs rameaux briller dans un cyprès ;
» Et l'éclat de ses yeux voilé de sa paupière
» Semble un astre des nuits, lorsque de sa lumière
     » Un nuage affaiblit les traits.

» Son haleine est une eau qui s'écoule paisible ;
» Son bras est gracieux comme un contour flexible
» D'un rameau fleurissant qu'incline son doux poids.
» La terre, ô fleur des champs ! ô lis de la vallée !
» Dans un soupir d'amour t'a sans doute exhalée
     » Avec ses parfums et ses voix !

» Tu te mêles parfois aux jeux de tes compagnes,
» Ainsi que l'on verrait, effleurant les montagnes,

» Dans un vol de colombe un cygne se mêler ;
» Mais dans tes blanches sœurs, Noéma, rien n'égale
» Tes pas aériens, ta grâce virginale
  » Qui n'ose pas se révéler.

» Mon aile, qui s'étend sur tes fraîches années,
» A fait que nul rayon ne te les a fanées,
» Que nul souffle orageux ne les vint secouer,
» Et que ton ame est calme autant qu'un ciel nocturne
» Où l'on voit s'endormir la lune taciturne
  » Et les étoiles se jouer.

» Et comme un front penché sur une eau transparente,
» Plus mon œil plonge au fond de ton ame innocente,
» Plus j'aime à contempler cette source d'amour;
» Et je ne sais alors par quel désir étrange
» J'aimerais mieux que Dieu m'eût pétri de ta fange
  » Que des rayons vivants du jour.

» Ah ! si ton cœur trop pur pour des amours humaines
» Peut des amours du Ciel respirer les haleines,
» La terre que ton pied foule est le Ciel pour moi !
» Et nul désir en haut n'élèvera mes ailes,
» Et je veux échanger mes heures éternelles
  » Pour une vie auprès de toi !

» Laisse voir de tes yeux briller la double étoile;
» Que ma légère main de ton ame, qu'il voile,

» Écarte le sommeil, image de la mort,
» De la mort qui m'empêche, empoisonnant mon songe,
» D'emporter une fleur que ce ver impur ronge
　　» Aux abris du céleste bord.

» Oh ! comme, palpitant d'orgueil et de délire,
» Sur les soupirs d'amour de l'éternelle lyre
» Je saurais cadencer mon vol mélodieux,
» Si je pouvais, trésor de grace et d'innocence,
» Te ravir dans mon sein et t'aimer en présence
　　» De mes compagnons radieux !

» Hélas ! le temps n'est plus où mon ame féconde
» Animait ses désirs comme Dieu crée un monde ;
» Mes désirs sont des fleurs qui ne s'entrouvrent pas ;
» Mais qu'importe ? je veux des amours éphémères,
» Je veux voir quelles sont ces voluptés amères
　　» Qui mûrissent pour le trépas. »

Et la vierge endormie entendait la voix pure,
Pareille aux sons lointains d'un onde qui murmure,
Qui, s'élevant plus clairs dans le calme des nuits,
A l'oreille attentive apportent leurs doux bruits ;
Et l'image de l'ange, en un rêve tracée,
Pénétrait à jamais dans sa jeune pensée,
Comme dans une grotte obscure un trait du jour
Ou dans un cœur naïf les premiers mots d'amour ;
Et son cœur adorait déjà ce beau fantôme ;

Et, plein du sentiment inconnu qui l'embaume,
Son sein épanoui doucement soupira
Un soupir virginal que l'ange respira;
Et quand elle rendit son œil à la lumière
La vision d'amour restait sur sa paupière......
Et son beau front d'albâtre en rougit coloré
Comme une neige en feu sous un rayon doré.

NOÉMA.

Quelle voix m'a parlé?... quel ravissant génie
A rempli mon sommeil d'une étrange harmonie
Qui flotte sur mon ame, et qui la fait frémir
Comme un bassin limpide où le vent vient gémir?
O toi que mon réveil n'a pas fait fuir encore,
Quel es-tu, doux esprit, songe pur, voix sonore?
D'où vient que mon sommeil aujourd'hui t'a rêvé?
Et d'où vient qu'en s'ouvrant, mon œil t'a retrouvé?
Pourtant jamais aux champs où s'élève mon âge
Je n'ai rien vu de toi.... pas même ton image.
Vivras-tu dans ma veille ainsi qu'en mon sommeil?
Ou bien vas-tu te fondre en voyant mon réveil?
Mais tu restes toujours...; non, tu n'es pas un rêve....
Es-tu l'ange de Dieu qui par la main prit Ève
Pour la faire sortir du céleste jardin,
Comme l'on sort d'un songe à la voix du matin?
Ta main vient-elle ainsi me prendre et me conduire
De ce monde où je suis au seuil d'un autre empire?

Ah ! si c'est un séjour où je vive avec toi,
Sur ton aile brillante, ô cygne, enlève-moi... ;
Je m'abandonne à toi comme la blanche nue
Au souffle caressant d'une brise inconnue....

ELDOA.

O fleur que le Seigneur a semée ici-bas,
Mon aile à ce séjour ne te ravira pas :
Je viens t'y contempler, faire un intime échange
Du cœur d'une mortelle et de l'amour d'un ange,
De ta coupe terrestre enlever tout le fiel,
La remplir de ma part des délices du Ciel,
T'enivrer du parfum de ces brises divines
Qu'exhalent les vallons des célestes collines,
Te rendre ce bonheur qu'Adam seul respira,
Ces mystères d'Éden qu'Ève longtemps pleura,
Un amour infini qu'épure l'innocence,
Tel que l'homme le rêve en son désir immense,
Car pour en respirer toute la pureté
Il ne te manque rien... que l'immortalité.

NOÉMA.

Oh ! de ton pur amour l'ineffable langage
Est pour moi de ton Ciel le plus divin partage :

Jamais ces instrumens que la main fait vibrer
De ces intimes sons n'ont pu me pénétrer.
Des enfants des mortels la beauté pâle et sombre
De tes traits éclatants semble n'être que l'ombre :
Ton front comme une aurore est limpide et vermeil,
Tes yeux sont animés d'un rayon du soleil;
La laine des brebis, nos couleurs qu'un rien fane,
Ne composèrent point ta robe diaphane :
On dirait que tu pris pour vêtement ardent
Ces nuages de feu qui voilent l'occident ;
Leurs plis pendent flottants sur ta taille élancée,
Et ton aile, sur eux mollement balancée,
S'en colore, semblable au vase plein de lait
Qu'une rose en trempant teint d'un pâle reflet.

ELDOA.

Ta bouche, où le sourire est toujours près d'éclore,
Semble une fleur ouverte aux larmes de l'aurore;
Laisse moi recueillir sur cette tiède fleur
Une part de ton âme....., ô délices du cœur !

NOÉMA.

Oh ! laisse, laisse moi !.... ton haleine épurée
Est un parfum brûlant dont l'ame est enivrée ;

Par tes lèvres de feu ce parfum répandu
Anéantit mon cœur dans mon sein éperdu....
Quand je sens sur mon front ta main qui le caresse
Ma paupière aussitôt et tressaille et se baisse....;
Et si ton vif regard ne se voile à son tour
J'expire sur les fleurs...., languissante d'amour...

ELDOA.

Sous ce premier frisson ploirais-tu ton courage
Comme un jeune palmier au premier vent d'orage?
Oh ! ranime tes yeux, car ton amour est fort ;
C'est un sceau sur le cœur qui résiste à la mort.

NOÉMA.

Dans quelle paix du cœur je m'étais endormie!...
Quel souffle a réveillé cette flamme assoupie ?...
Je m'étais reposée aux terrestres déserts,
Sur quel monde au réveil mes yeux se sont ouverts!...
L'autre n'était jamais que vide et que silence,
Ce n'était qu'un long jour qui meurt et recommence,
Tout ce que j'y rêvais ne pouvait se saisir,
Et mon sein était plein,... mais d'un vague désir!...
Ici, c'est tout amour; tout vit et tout soupire,
Le rocher s'amollit, la verdure respire,

Les objets ont entre eux un intime entretien,
Se penchent l'un vers l'autre..., et mon front vers le tien...

ELDOA.

Vois-tu venir la nuit roulant ses feux splendides?
Jadis je me plongeais dans ses vagues limpides;
J'aimais sur un beau lac à planer, à me voir,
A me faire entraîner par les brises du soir,
A suivre pour sentier un rayon des étoiles,
A voguer en prenant des nuages pour voiles,
A raser sous mon vol les dômes frais des bois
Ou dans leur sombre voûte à répandre ma voix;
Et maintenant, ma sœur, un seul désir m'enflamme:
Je voudrais me plonger tout entier dans ton ame,
N'être plus avec toi rien qu'un même soupir
Et dans le ciel d'amour à jamais retentir.

NOÉMA.

Oh ! non, retiens ici tes ailes fugitives ;
Que nos deux cœurs liés s'entr'aiment sur ces rives
Comme deux beaux palmiers qu'on ne peut séparer
Et que le même vent fait toujours soupirer,
Comme deux mêmes fleurs, sous un ombrage sombre,

Qui d'un même parfum embaument la même ombre :
Aimons, aimons ainsi.

ELDOA.

Vois-tu, ma Noéma,
Ces rameaux que l'amour l'un vers l'autre inclina ?
La nuit qui les remplit, ombre odorante et douce
Comme un encens, y flotte et parfume la mousse;
Un souffle chaud encore en passant l'attiédit
Et derrière la voûte une source bondit :
Sous le manteau des nuits lorsque le jour expire,
Dans le creux du rocher la biche se retire,
Et nous, ô Noéma ! pour enivrer nos cœurs,
Notre lit s'est voilé de verdure et de fleurs.

NOÉMA.

Que ton front sur mon cou languissamment retombe !...
Le ramier dans les bois suit la blanche colombe,
L'oiseau suit son amante en son nid embaumé,
Et moi, tendre comme eux, je suis mon bien-aimé !...

ELDOA.

Que me font les parfums ineffables des roses !

Comme un bouquet de myrrhe en mon sein tu reposes.

NOÉMA.

Vents, ne m'effleurez pas ; expirez tous, ô bruits !...
Je répands mon odeur dans le calme des nuits...
. . . .
. . . .
Alors l'ange qui veille aux amours immortelles
Étendit sur leur front ses palpitantes ailes ;
Puis, comme un chant divin digne d'y retentir,
Il porta dans les cieux un suprême soupir,
Plus vague que le bruit d'une fleur expirante
Dont un souffle a roulé la dépouille odorante......
. . . .
. . . .
. . . .

Et sur eux cependant le muet univers
Roulait son hymne immense en ses modes divers :
Belle comme à l'instant où Dieu la fit éclore,
La lune, comme un songe allumant son aurore,
Du sein mystérieux de son large horizon
Montait comme un soleil dépouillé de rayon;
La terre, dont ce jour effleurait les campagnes,
Jetait sur ce miroir l'ombre de ses montagnes;

Tout semblait se répondre et marchait de concert;
Les astres, traversant le céleste désert,
Mesuraient les moments, par leur sainte cadence,
A l'insensible cours du nocturne silence;
L'Arabie envoyait des soupirs ravissans
Que parfumaient sa myrrhe et ses larmes d'encens;
Éden même semblait faire part à ces heures
Du bonheur renfermé dans ses vides demeures;
Un calme universel liait la terre aux cieux;
Seulement, au-delà des monts silencieux,
Majestueuse voix de ces scènes sublimes,
Le Tigre mugissait dans ses lointains abîmes.

NÉLOÉ.

La terre avait quitté la vague qui l'endort
Sur l'Océan des nuits, parsemé d'écueils d'or ;
Des radieux matins la zone étincelante
Se rouvrait sous sa proue en écume brûlante,
Et de ses hymnes frais les sympathiques airs,
Roulés dans des parfums, la menaient dans les airs,
Voguant dans son encens et dans son harmonie,
Ainsi que dans les mers de la tiède Ionie
La trirème, sur l'onde aux suaves rumeurs,
Guidait sa marche antique au chant de ses rameurs.

Des berceaux que ployait la lumière éclatante,
Comme aux plaines du ciel une immortelle tente,

2

Répandirent alors un hymne matinal,
Céleste mélodie au mode virginal,
Des humaines amours immaculé cantique,
Doux comme au gynécé l'épithalame antique,
Encens aux larmes d'or, sur la terre allumé,
Dont le parvis des cieux fut aussi parfumé :

« Tandis que le sommeil te tient enveloppée,
» De lumière et de pleurs l'aurore t'a trempée ;
» Ton être aérien dans leur éclat se fond ;
» Un limpide rayon baigne ta chevelure,
» Et fait, en s'y brisant, jaillir, tremblante et pure,
      » Une auréole sur ton front !

» Si dans ce jour épars qui pénètre et sillonne
» De ses traits lumineux ta couche qui rayonne,
» De ton sommeil d'amour tu t'éveillais enfin,
» Je croirais voir éclore, et molle et fugitive,
» De son germe de feu qui la retient captive,
      » Une forme de séraphin.

» Tu n'es plus cette fleur craintive et virginale
» Qui n'ose faire part du baume qu'elle exhale
» Ni déployer au jour sa grace et sa beauté ;
» Ta face, où la pudeur tient son aile posée,
» Ressemble au fruit qui perd sous la pure rosée
      » Son voile d'ambre velouté.

» Te voilà maintenant épanouie et blonde
» Ainsi que la moisson qu'une haleine féconde
» A mûrie en un jour de son souffle fumant,
» Car des choses du Ciel j'ai parfumé ton ame,
» Et ton oreille a su ce que jamais la femme
  » N'apprit des lèvres de l'amant.

» Tu comprends, Noéma, ces voluptés sublimes
» Qui font frémir d'amour les éternelles cimes,
» Quand les anges du Ciel en poussent le soupir;
» Car je t'ai dit, la nuit, dans un mystère étrange,
» Tout ce qui, dans un cœur que Dieu pétrit de fange,
  » Sans le briser peut retentir.

» Ame à qui rien d'humain n'eût dû servir de voile,
» Digne d'avoir à peine, autour, comme une étoile,
» Un divin vêtement des feux dont nous brillons,
» Et de ton pur éclat d'enchanter ma paupière
» En me versant l'amour, dans ta molle carrière,
  » Avec tes lumineux sillons !... »

Quand pareille à la fleur que voile une eau dormante,
Sortit de son repos la radieuse amante,
Quand elle eut écarté d'un doigt pur et vermeil,
De son front innocent, le voile du sommeil ;
Aux paroles d'amour qui tombaient enlacées
Comme une chaîne d'or, lien de deux pensées,
Comme un timbre du Ciel dont vibraient à la fois
Deux sympathiques cœurs sous une seule voix,

On eût dit qu'un écho, sur l'angélique mode,
Se réveillait vivant pour chanter la même ode,
Ou qu'une lèvre humaine avait encor produit
Ces soupirs dont Eden tressaillit une nuit.

Puis elle s'enfonça sous de vertes arcades
Où le jour ruisselait en limpides cascades ;
Sur les sillons dorés, sans qu'il ne foulât rien,
On eût dit qu'à son corps, fantôme aérien,
Au milieu des parfums qui roulaient sous les voûtes,
Les chants du frais matin ouvraient de molles routes,
Et qu'elle allait ainsi cueillir l'esprit des fleurs
Dans leur calice vide et scintillant de pleurs.
Au fond étincelait en reflet fantastique
Comme le seuil ardent d'un céleste portique ;
Le jour, qui l'inondait de lumineux ruisseaux,
En larges nappes d'or tombait de ses arceaux ;
Colonne au large fût de splendeurs entourée,
Le palmier y tremblait comme une ombre dorée,
Et la vierge aux pieds d'ange, aux lumineux sillons,
S'y fondant comme un rêve, ouvrit ces tourbillons.

Quand elle reparut au fond des voûtes sombres,
Détachant par degrés son corps d'entre les ombres,
Ses longs cheveux roulés, en arrière flottant,
Laissàient épanouir tout son front éclatant ;
Ses doigts devant son sein pressaient, blanches corbeilles,
Des rameaux du vallon les dépouilles vermeilles ;

Son pas aérien sur la terre glissait,
Et sous lui la poussière à flots d'or jaillissait ;
Son port noble et naïf alliait le mélange
De la beauté de l'homme et des graces de l'ange ,
Et la blanche innocence, où l'amour se confond,
De sa vive auréole environnait son front ;
Elle semblait l'esprit, ami des sacrifices,
Qui des fruits sur l'autel ravissant les prémices,
S'élève, avec l'encens, dans un mol abandon
Et devant le Seigneur répand ce simple don.

. . . .
. . . .
. . . .
. . . .

Toutes les voluptés qui germent sur la terre,
Et celles qui des nuits remplissent le mystère,
Et celles dont l'odeur parfume le soleil ;
Les musicales voix qui sonnent le réveil,
L'astre du jour qui dort sur d'éclatantes ombres,
Les heures s'enlaçant en de gracieux nombres,
Mêlés et confondus à tout ce que le ciel
Laissait tomber encor de parfum dans ce miel ;
Puis les émotions et les désirs de l'ame,
Alimens parfumés de sa divine flamme,
Voluptés qui du cœur font battre le ressort
Comme s'il respirait un souffle de la mort ;
Tout remplissait leur sein d'une ivresse divine,
Comme un vin qu'a mûri la céleste colline.

Et la terre pour eux ressemblait à ces bois
D'où ne sort à midi nul souffle et nulle voix :
Comme un rayon des nuits, la lumière affaiblie
Y baigne sans trembler la feuille recueillie ;
Dans ce calme sans vie et sous ce demi-jour
On n'entend qu'un soupir de langueur et d'amour,
Qu'un vol aérien..... ; et c'est un léger couple
De ramiers balancés sur une branche souple,
Ou, comme un cœur perdu dans ses illusions,
Se glissant mollement de rayons en rayons,
Sans ne demander rien à la terre enchantée
Qu'un toit pour leur amour et leur aile argentée.
Tandis qu'ils respiraient cet air du Paradis,
Qui glissait pour eux seuls dans nos vallons maudits,
Ou qu'en leur ciel serein et tiède où rien ne tremble,
Divin couple de cygne, ils se berçaient ensemble,
Un ange radieux que rien n'avait terni,
Vint troubler de son aile et brise et ciel uni,
Comme un trait du soleil que rien ne peut corrompre,
Qui, tombant dans la nuit de la terre, en vient rompre
Le charme harmonieux, et la divinité,
Et le calme sublime, et la sérénité.

On entendit trois voix, sans jamais se confondre,
Comme trois purs échos tour-à-tour se répondre :
La première pareille à la voix des oiseaux,
La seconde au zéphyr, l'autre aux soupirs des eaux;
Et l'on eût discerné dans leur diverse teinte
Un chant, un pleur du Ciel, une terrestre plainte.

La terre ne trouva dans ses limpides nuits
Point d'échos assez purs pour répéter ces bruits ;
Puis tout resta muet et la voix de la femme
Expira dans son sein comme un désir dans l'ame.
De son aile de feu son amant se voila.
Loin du couple fatal l'autre ange s'envola,
Et sa plainte passa dans le chœur des étoiles
Comme un vent qui gémit dans de célestes voiles.
Mais quand il remonta vers les sublimes bords,
Il laissa dans le cœur de son frère un remords,
Ineffable regret des choses éternelles,
Qui ne le souillait point, et presque aussi pur qu'elles;
Et l'amour par degrés se fana dans son cœur...
C'est ainsi que se ferme une odorante fleur|
Quand le désert fumant, sur l'heureuse Arabie,
Le soir, répand de loin son haleine attiédie.

III.

LES ADIEUX.

ENTRE deux paradis le voilà qui chancelle :
D'un brillant souvenir l'un et l'autre étincelle ;
Un regret, un désir, le font d'ambre et de fiel ;
Prêt à quitter les bords que ses beaux pieds effleurent,
Il entrevoit partout sur lui deux yeux qui pleurent,
    Ou sur la terre ou dans le Ciel.

Un souffle a déroulé l'or de sa chevelure ;
Son front, illuminé d'une clarté plus pure,
A l'aube sans déclin semble déjà blanchir ;
Et pour le retenir, l'amante agenouillée
Arme en vain d'un regard sa paupière mouillée,
    Qu'un céleste éclat fait fléchir.

Mais lui détache enfin son regard de la terre,
Sa face s'en empreint d'un divin caractère ;
Il entr'ouvre, en croisant ses deux bras sur son sein,
Sa bouche harmonieuse à ses plaintes, pareilles
Au bruit que fait de loin l'aile d'or des abeilles
    Bourdonnant dans l'air par essaim :

« Secouez les parfums de ce monde profane,
» Fuyons loin d'un soleil qui dévore ou qui fane,
» Ne vous repliez plus sous de mortels liens,
» O mes ailes, quittons ces lugubres vallées,
» Pour mes regards de feu ces ames trop voilées,
    » Ces soupirs, vains échos des miens!

. . . .
. . . .

» Vivant de mes désirs, abrité de mes ailes,
» Que l'amour était doux sur des lèvres mortelles !
» J'aimais à me poser sur ces quinze printemps,
» Comme sur une tige aux feuilles entr'ouvertes
» Une immortelle fleur, sur leurs volutes vertes ,
    » Ouvre ses rayons éclatants.

» Un mot tombé du Ciel sur l'immobile extase
» A réveillé la lie au fond même du vase,
» Au sein de mon bonheur a germé le remord,
» Et de son doux aspect j'ai détourné la face,

» Car dans les voluptés ici-bas toujours passe
  » Un funèbre parfum de mort.

» Mais d'où vient qu'en fuyant vers mon premier empire,
» Une triste pensée au fond de moi soupire,
» Qu'une tremblante larme a voilé mon regard?
» Et que, prêt à voler où Dieu même m'appelle,
» Le passé, poids mortel qui s'attache à mon aile,
  » Semble ralentir mon départ?

» Oh! qui me défendra, sur la céleste plage,
» Dans le fond de mon cœur, d'adorer une image,
» Forme plus pure encor que l'esprit le plus pur,
» Jusqu'au jour où la mort dépouillera ton ame,
» Comme le vent du soir fait reluire la flamme
  D'un astre que voilait l'azur?

» Tu sauras quel regret de nos amours j'emporte
» Même au-delà du seuil de l'éternelle porte,
» Quelque étoile, en montant, te dira mes soupirs,
» Lorsque du seul éclat de ton ame voilée,
» Tes pieds soulèveront sur ta route étoilée
  » Une poussière de saphirs.

» Aujourd'hui, seulement, que cette larme étrange
» Que répand sur ton front l'œil immortel d'un ange,
» Scelle un éclat divin sur sa molle pâleur,
» Qui te distingue seule entre les filles d'Ève,

» Et qui flotte à jamais, reflet de notre rêve,
   » Sur ta joie et sur ta douleur !...

Puis, voilant ses regards de son aile éclatante,
Il semblait suspendu dans une sainte attente.
Enfin il découvrit son front étincelant,
Et, reprenant un vol harmonieux et lent,
Il répandit sur l'ombre un reflet d'incendie.
L'hymne avec lui monta; la triste mélodie
Retentit dans le Ciel, pour ajouter encor
Une plainte inouïe aux chants des harpes d'or.

IV.

NOÉMA.

Pour la septième fois la terre palpitante
Livrait au vent des nuits sa verdure flottante
Et remplissait l'éther de mélodieux bruits,
Comme une grande harpe errante et suspendue,
Par la main de Dieu même, au sein de l'étendue,
    Pour gémir dans l'ombre des nuits ;

Depuis que le lien d'un douloureux mystère
Unissait, l'un au Ciel et l'autre sur la terre,
Deux cœurs retentissant d'une même douleur,
Deux voix, l'une de l'autre écho lointain et sombre,
Qui dans un chant humain ou dans un divin nombre
    Chantaient le même hymne de pleur.

Voilà que du milieu de l'ardente poussière,
Pure émanation d'atomes de lumière
Qui s'élèvent autour du tabernacle d'or,
Un ange radieux se relevant , fit battre
Et retentir trois fois ses deux ailes d'albâtre,
    Comme un cygne qui prend l'essor.

D'un vol harmonieux, souple comme une flamme,
Quittant les tièdes bords du royaume de l'ame,
Il plongea, dans la nuit du sombre firmament,
Vers cette île des airs dans les cieux balancée
Pour que l'ange, en passant, quand son aile est lassée,
    Vienne s'y poser lentement.

Là gémissait la sœur, l'épouse du génie,
Fleur qu'un vent du désert avait déjà ternie,
Lac privé de son cygne et veuf de son ciel pur,
Vase d'élection que plus rien ne parfume,
Où les pleurs font monter leur terrestre amertume
    Dans ses limpides flancs d'azur.

De son front, où passait sa première douleur,
Le regard d'une étoile animait la pâleur;
L'ombre de ses sourcils, sous ce rayon qui tombe,
Voilait, sans l'amortir, son regard de colombe,
Et sa bouche entr'ouverte, au suave contour,
Semblait fleurir muette, à ce timide jour:
On eût cru contempler sous cette pâle flamme
L'ange de la douleur dans les traits d'une femme;

Sa pose triste, en elle avait même ajouté
Au type oriental de l'antique beauté,
Et les pleurs lui rendaient en rêves, en tristesse,
Tout ce qu'à son beau front ils ôtaient d'allégresse,
Comme une fleur joyeuse et pleine de fraîcheur
Qui le soir devient triste et charme mieux le cœur.

Elle laissait ainsi, ravissante, éplorée,
De penser en penser écouler la soirée,
Et nul bruit n'empêchait dans l'air silencieux
Ses rêves innocents de monter vers les cieux.
Cœur rempli d'innocence et de pleurs, fille d'Ève !..
L'image du passé, doux astre qui se lève,
De pudeur et d'amour gracieux souvenir,
Sur ce limpide front passe sans le ternir :
A sa pure pensée un seul regret se mêle... ;
Et la paisible nuit était calme comme elle,
Car rien ne soupirait, ne parlait sur ces bords,
Qu'une voix dans son cœur et qu'une onde au-dehors.

Mais quand l'ombre du soir la voile et s'y mélange,
Le lis, céleste fleur aussi pure que l'ange,
Dans son urne superbe, où tremblent des grains d'or,
Des larmes de la nuit amasse le trésor,
Et lorsque goutte à goutte ils l'ont enfin remplie
Sous le poids de ces pleurs sa tige auguste plie :
Ainsi sous sa douleur son beau front se pencha,
Et c'est alors que d'elle un ange s'approcha.
Comme un rêve suave à l'aile diaphane

Sur un sommeil de vierge au fond de la nuit plane,
Longtemps son vif regard la fixa, comme au jour
Où dans ce cœur paisible il réveilla l'amour ;
Un souvenir brilla dans son ame enivrée
Tel qu'un nuage d'or dans une onde azurée ;
Puis sur ce front, jadis si joyeux et si clair,
Son aile répandant un ineffable éclair,
De cet être où déjà vacillait l'existence,
Son doigt pur délia la plus pure substance,
Et, pareille au fruit d'or qu'un radieux enfant
D'un long rameau penché détache triomphant,
Il porta dans sa main transparente et vermeille
Cette forme éthérée et vague qui sommeille,
Doux vase de parfum, pure coupe de miel,
Qu'il goûta sur la terre et qu'il pleurait au Ciel.

Alors de Noéma l'innocente pensée
Crut d'un songe ineffable être encore bercée,
Car elle n'entendait qu'une aile dont le bruit
L'enlevait, au milieu des astres de la nuit,
Jusqu'aux bords où l'éther, comme une onde calmée,
Baigne sans s'y briser une rive embaumée......

EPITRE

A M. Théophile Bosq,

Par M. J.-B. Gaut.

—

Je sens la poésie, et je l'aime en poète :
Oui, j'aime à retremper, pareil à la mouette
Qui plonge, en se jouant, dans l'Océan d'azur,
Mon cœur désenchanté dans un vers calme et pur !
Notre front a trop tôt sa couronne de rides !
En cheminant, parmi tant de sentiers arides,
Où pour la soif du cœur manque l'eau du torrent,
Il est doux de trouver, sur notre pas errant,
Au détour imprévu de la poudreuse allée,
Sous une touffe en fleurs, quelque source isolée
Où peut, quand vient midi, s'asseoir le pélerin.
Il est doux de trouver, quand sous un ciel d'airain

La canicule étend ses ailes enflammées,
L'oreiller de gazon des rives embaumées ;
Et d'entendre, au milieu des bois silencieux,
Un oiseau dont la voix semble venir des cieux,
Ou dont le gazouillis, qu'avec charme on écoute,
Echappe en frémissant aux buissons de la route.

A ton prélude, ainsi, chantre de Noéma,
Ta plaintive élégie au début me charma.
De tes strophes j'aimai l'odorante corbeille
Où le vers, butinant comme une jeune abeille,
Avec un doux susurre entr'ouvrait mille fleurs,
Et de l'aile effleurant les corolles en pleurs,
Faisait jaillir le miel en poussière dorée.
J'aimai de Noéma la figure adorée,
Au front vierge et candide, aux pudiques contours,
Qui d'un ange surprit les célestes amours.
L'Eden ouvrit pour toi ses oasis sans nombre ;
Sous leurs riants berceaux tu pus cacher, dans l'ombre,
Ce couple gracieux dont les pures ardeurs
Jettent dans ton récit de si vives splendeurs ;
Et de leur passion quand ta muse complice
Nous fit de leur bonheur goûter l'amer calice,
Elle nous fit pleurer sur la douleur sans fin
De la vierge terrestre et du blanc séraphin.

Théophile, aujourd'hui, tes rimes plus hardies
De l'urne de ton cœur coulent en mélodies ;
Et, touchant de leurs flots des rivages divers,
Sur des sables dorés tu fais rouler tes vers.

Dans leur paisible cours leur onde est cristalline
Comme cette eau qui fuit au pied de la colline,
Reflétant, tour-à-tour, dans son miroir changeant,
Le soleil d'or ou bien les étoiles d'argent.
Le ciel est toujours pur au bord de ces fontaines ·
Sur les gazons les fleurs s'essaiment par centaines ;
Les arbres sont peuplés d'oisillons réjouis
Qui remplissent les airs de leurs doux gazouillis ;
Les eaux, les bois, les prés, les brises, les ramures,
Tout est grâce et fraicheur et suaves murmures.

La muse aime toujours le soleil du midi ;
Il lui faut pour chanter un rayon attiédi.
Aussi, quand, de nos jours, la morose critique
Se lamente en son deuil, selon le mode antique,
Répétant que les vers sont devenus sans prix,
Que la rouille du temps entoure les esprits !....
Elle laisse lâcher leurs absurdes bordées
A tous les écumeurs de banales idées ;
Et, tandis que leur pas tâtonne sur le sol,
Vers le ciel, sa patrie, elle reprend son vol;
Et sur nos fronts courbés, en secouant ses ailes,
Elle éblouit nos yeux de vives étincelles.

Il est vrai que, parfois, maint poète du cru,
Champignon hasardeux de son limon excru,
Dans la flore moderne impuissant cryptogame,
Sur sa lyre faussant quelque méchante gamme,
Lance son anatheme à tout lecteur surpris,

Qui n'a point admiré son génie incompris.
A tout progrès de l'art que font ces faux prophètes,
Prêtres déshérités des poétiques fêtes ?
Le poète, en naissant, est un prédestiné;
Une fée au berceau doit l'avoir couronné ;
Une étoile à sa crèche a conduit les rois mages;
Et des siècles futurs il aura les hommages.
Car son nom, entouré d'une vive clarté,
Vit d'âge en âge et passe à la postérité,
Et vole glorieux sur la bouche des hommes!

Mais pour avoir rempli cinq ou six maigres tomes,
Confié, sans vergogne, aux mains de l'imprimeur
De ses rêves d'amour l'insipide primeur,
Et noirci le papier par des lignes égales !
Mais pour avoir chanté comme font les cigales
Et tout le long du jour, sans trève, étourdissant
Par d'énigmes sans mots l'oreille du passant!
On se croirait poète !... Et les vierges pudiques
Qu'invoquaient en chantant les rhapsodes antiques,
Verraient, sans éprouver un éternel affront,
Un lierre usurpateur enlacer votre front !
Mais, à quoi servirait de s'appeler Virgile,
Et d'être vase d'or, quand un vase d'argile
Aurait même valeur et si ses vils parois
Touchaient également à la bouche des rois ?
Car les rois, aujourd'hui, sont le peuple qui trône,
Et dont l'opinion vaut plus qu'une couronne.
Son arrêt, sans appel, condamne, sans retour,

Ces poëtes mort-nés, éphémères d'un jour; —
Ces ballons qui, jamais n'ayant quitté la terre,
Se gonflent en leur coin d'un orgueil solitaire.
Le sommeil de l'oubli les prend avant le soir,
Et leur vague essaim fuit au fond du gouffre noir.
Comme ces tourbillons d'insipides moustiques
Qui tombent, chaque soir, aux abords des portiques,
Après avoir vécu, pendant les chauds étés,
De sourds bourdonnements et d'importunités.

Mais si la poésie a ses frelons avides
Exhalant de vains bruits de leurs poitrines vides,
Dans ce *siècle de fer*, dont on médit souvent,
Il est des inspirés, pleins d'un esprit fervent,
Qui savent, réchauffés par le sacré délire,
Ranimer sous leurs doigts les cordes de la lyre,
Dont le cœur pur s'emplit de souvenirs touchants.
Ils consacrent leur vie à dire de doux chants;
Ils brûlent pour le beau d'un feu de prosélyte,
Et Dieu mit un rayon dans leur âme d'élite.
Leur bras iconoclaste atteint partout Baal;
Leur pensée est un culte et son temple idéal,
Voit son autel, paré de splendides offrandes,
Remplir de l'or des vers les coupes les plus grandes.
Ils font monter l'encens vers le sacré trépied,
Où la muse éternelle en rayonnant s'assied;
Le dithyrambe éclos de leur bouche enflammée,
Plane parmi les flots d'odorante fumée,
Et, pour mieux écouter leur rythme audacieux,

Il semble que parfois vont s'abaisser les cieux !

Théophile, parmi cette noble phalange,
Tu viens de prendre rang, toi le chantre de l'ange.
Dans l'avenir tes vers auront droit de cité,
Et parmi les plus beaux ton nom sera cité.
Le feu sacré de l'art brille en tes *Mélodies :*
Avec un goût exquis tes rimes sont ourdies ;
Les plus tendres pensers, les plus doux sentiments
Exhalent leurs parfums sous de purs ornements ;
Comme un bronze romain ta forme est ciselée ;
Comme les Séraphins ta parole est ailée ;
Tu planes dans le ciel, en ton vol de condor,
Et fixes le soleil aux longs effluves d'or.
Ou, pareil à la fleur de la pâle ancolie,
Quand ton front est courbé par la mélancolie,
Ton vers, loin du séjour des humaines douleurs,
S'élève vers la foi qui sèche tant de pleurs,
A travers l'horizon qui cache la souffrance,
Cherchant cet arc-en-ciel où brille l'espérance !
Ou, t'isolant, parfois, de ce monde bruyant,
Dans les grands bois déserts tu chantes en fuyant ;
Et, poète pensif, à travers les prairies,
Tu déroules le fil des longues rêveries.
Ta voix se mêle alors au murmure de l'eau.
Ta main égratignant l'écorce du bouleau,
En chiffres amoureux trace de doux hommages
Qu'éveillent dans ton cœur de riantes images :
Fantômes évoqués d'un printemps radieux !

Sylphides du matin aux suaves adieux,
Et dont le souvenir laisse, au fond de nos âmes,
Le sillon lumineux de nos premières flammes !
La fleur épanouie aux rayons du matin ;
Le papillon qu'emporte une aile de satin ;
Le coucher du soleil par un beau soir d'automne ;
Dans les pins murmurants la brise monotone ;
Un sourire de femme, un regard velouté ;
Les rêves caressés pendant les nuits d'été ;
Un cercueil sous des fleurs, une tombe entr'ouverte
Que le lierre entoura de sa guirlande verte ; —
Tout ce que notre vie a de joie ou de deuil,
Tous ses pleurs ou ses cris ou de gloire ou d'orgueil,
Ont un écho vibrant dans ton cœur sympathique,
Où croît avec l'amour le laurier poétique.
Aussi le barde-roi dont les chants solennels,
Ont gravé sur l'airain des rythmes éternels,
Lamartine, géant que la gloire environne,
A voulu sur ton front poser une couronne.
Poète consacré par cette noble main,
Poursuis vers l'avenir ton rayonnant chemin.
Ton étoile est placée au poétique empire.
Et si ma muse amie à tes accens s'inspire
Quoiqu'un rare parfum ne l'accompagne pas,
Reçois sa pâle fleur éclose sous tes pas.

EPITRE A M. J.-B. GAUT.

RÉPONSE.

1846.

Quand bouillonnait encor dans ma fervente tête
L'ivresse du jeune homme et celle du poète ;
Quand l'inspiration m'enivrait, comme un vin
Dont la lave a mûri sur un coteau divin ;
Souvent, perdant mes jours, surabondantes ondes,
Dans les bois, sur les monts, en courses vagabondes ;
Sous un midi de juin, dans les pins odorants ;
Ou l'automne, au bruit rauque et lointain des torrents;
Debout aux flancs des monts, aux gorges des vallées,
J'abandonnais aux vents des paroles ailées,
Des vers inachevés, mystérieuses voix
Qui couraient sur le gouffre ou la cime des bois,
S'épandaient dans les airs, et, s'y perdant sans gloire,
Quittaient en même temps ma lèvre et ma mémoire.
Mais parfois dans leur vol les fugitifs accords
Rencontraient d'autres voix, douces âmes sans corps
Qui du roc taciturne habitent les plis rudes

3

Et sommeillent au fond des calmes solitudes :
Reprenant à leur tour des vers évanouis
Les premiers mots venus qu'elles avaient ouïs,
Elles me les jetaient en notes cristallines,
Par lambeaux, mais plus purs, du détour des collines,
Joyeuses d'emporter l'harmonieux butin,
De vallon en vallon, dans un vague lointain.

Aujourd'hui, comme alors, mourant dans l'étendue
Ma voix, près de se perdre, est encore entendue ;
Elle revit plus belle aux accords plus touchants
D'un ami dont mon cœur ne connaît que les chants :
Non, ce n'est plus l'accent mélodieux et vide
De cette nymphe-voix aux fictions d'Ovide
Qui répète mes vers dans un écho moqueur,
C'est un hymne échappé de la lyre et du cœur :
Tissu plein de reflets, œuvre où des mains savantes
Font lire la pensée en images vivantes ;
Qu'une fée à mes yeux déroule en souriant
Comme un rêve adoré des Péris d'Orient,
Et me montre, au milieu des molles broderies,
La fleur pleine du miel des douces flatteries ;
D'un frère en poésie harmonieux accueil
Qui d'un rayon de gloire a fasciné mon œil,
Trop vaine illusion où, malgré moi, me plonge,
Chantre mystérieux, ton séduisant mensonge !

Près de livrer au jour, au monde, à ses vains bruits,
Ces rimes qui chantant pour moi seul dans mes nuits,

Ne naissaient qu'avec crainte aux regards des étoiles
Pour dormir à jamais sous de pudiques voiles,
Je craignis un instant, à ce premier réveil,
Pour leur aile et leur front, le vent et le soleil ;
Mais quand il vit venir ta muse la première,
Qui leur tendait la main au seuil de la lumière,
Le poète, à ta voix, rassuré sur leur sort,
D'un œil moins défiant a suivi leur essor.

Et je la dois ainsi bénir à plus d'un titre
La plume qui traça la rayonnante épître,
D'où part, avec l'encens exhalé de tes vers,
Le trait qui vient frapper, si juste, les travers
De ces pâles rimeurs, impuissante cohorte,
Qui du temple immortel vont assiéger la porte.
Mais ce n'est pas le bruit qu'en s'agitant ils font,
Insectes bourdonnant dans un oubli profond,
Ce n'est pas leur chanson aux rimes inégales
Que ta verve assimile à de rauques cigales,
Qu'il faut stigmatiser de ton dédain amer,
C'est ton siècle pétri de charbon et de fer :
Le progrès est son rêve et la vapeur son ame ;
Progrès sans noble élan, sombre vapeur sans flamme ;
Tout ce qui parle au cœur, ce siècle le proscrit ;
Elevant la matière au-dessus de l'esprit,
Il ne possède en lui plus d'écho qui réponde
Aux muses, voix du ciel qui chantent dans ce monde ;
Car il n'admet qu'un but : l'aride utilité ;
Et pour loger, nourrir, vêtir l'humanité,

A quoi bon une lyre, instrument inutile,
Echo sonore et vain d'une langue futile!

Mais des siècles éteints les peuples différents,
Ceux qu'au-dessus de tous quelque chose a faits grands,
Dont l'œuvre, au fond des temps de lumière inondée,
Porte encore au sommet sa flamboyante idée,
Aimaient à s'abreuver à la coupe de miel
Que le chantre inspiré va remplir dans le ciel ;
Poètes, ménestrels, bardes, divins prophètes,
Ils conviaient toujours quelque lyre à leurs fêtes ;
Car l'homme, ils le savaient, ne vit pas seulement
D'un pain grossier pétri de terrestre froment,
Mais il lui faut d'un Dieu les vivantes paroles,
Verbe écrit par les arts en glorieux symboles
Et que la poésie, en mètres palpitants,
Comme un aigle immortel fait planer sur les temps.
Aussi, perdus en vain dans de vastes naufrages,
Des révolutions défiant les outrages,
Ces peuples disparus sous des peuples nouveaux
Aux hommes à venir parlent dans leurs travaux,
Luttent contre le temps qui grave leur victoire
Sur des arcs triomphaux, ces portiques de gloire,
Sur quelque cathédrale ou quelque Parthénon
Qu'un Dieu, mort ou vivant, fait vivre de son nom ;
Sur les tours, les gradins, les arceaux, la colonne,
Fantômes éternels qu'un saint rayon sillonne,
Et dans ces chants que rien n'éclipsera jamais,
Des œuvres de l'esprit immuables sommets,

Où le souffle immortel de l'antique génie
Roule de page en page une sainte harmonie.

C'est que l'enthousiasme à chaque monument
Mêlait comme un sublime et radieux ciment,
Que leur œuvre toujours s'élevait commencée
Sous l'inspiration d'une haute pensée,
Et qu'ils croyaient à tout ce que doit contenir
L'édifice ou le vers créé pour l'avenir.

Mais dans cet âge froid, que plus rien ne transporte,
Si de la foi dans l'art la flamme sainte est morte,
J'aime le culte pur que tu gardes encor
A cette poésie, étoile aux rayons d'or
Qui ne descendent plus qu'à des heures secrètes,
Et dans l'ombre des nuits, sur le front des poètes;
J'aime tes chants hardis, pleins d'un souffle vivant,
Tout chauds du feu qui brûle en ton esprit fervent.
Un charme est contenu dans ta voix inspirée,
Tu sais parler en maître une langue adorée
Dont, pour si peu d'élus, dans nos jours pâlissans,
Le poète redit les magiques accens.
Mais qu'importe l'oubli du vain siècle où nous sommes,
L'imagination nous ouvre ses royaumes
Où l'aile au vol puissant des saintes fictions
Nous élève au-dessus des viles passions,
Des rumeurs de la terre et des luttes stériles.
Heureux de posséder la paix de ces asiles,
Portons-y quelquefois nos pas silencieux

Afin d'y respirer quelque chose des cieux ;
Tel l'aigle qui toujours fut, dans son vol suprême,
De l'inspiration le magnifique emblème,
Quand la foudre et l'éclair assiègent la hauteur
Où s'était reposé son vol dominateur,
Échappe à la tempête et, secouant ses ailes,
Cherche plus haut encor les clartés immortelles;
Laissant ce globe obscur dans l'ombre et dans l'effroi,
De lumineux sentiers s'ouvrent pour l'oiseau-roi :
Les bruits n'atteignent point cette sphère sublime
Où, perdu dans les flots d'un rayonnant abîme,
Il parcourt hardiment, d'un vol paisible et sûr,
De calmes régions de lumière et d'azur.

MÉLODIE.

Tes regards entr'ouvrant tes paupières mourantes,
Pénètrent dans le cœur en traits aériens ;
De tes souples cheveux les boucles odorantes
    L'enchaînent de leurs doux liens.

Souvent un vague instinct fait que ton front se plie
Comme la grappe d'or destinée au pressoir ;
Ta voix sur le cœur passe avec mélancolie,
    Douce comme le vent du soir.

Dieu, pour former ton âme, a fait un pur mélange
De tout ce qu'il créa de plus immaculé :
Du soupir d'un enfant, du sourire d'un ange,
    D'un clair matin, d'un soir voilé.

Le nom harmonieux dont on nomma tes charmes
Luit comme une auréole à ton front triste et pur ;
C'est un parfum d'amour, de douleur et de larmes,
    Un rayon dans un ciel obscur.

Ton sourire lui-même est empreint de tristesse ;
Et quand s'ouvrent tes yeux bleus sous tes beaux cils d'or,
Il semble, sur les pas d'un ange qui te laisse,
    Que tu t'en-vas prendre l'essor.

Et toi, tu ne sais pas, douce enfant de la terre,
Fleur de mélancolie et de suavité,
Rayon qu'empreint le ciel d'un double caractère
    D'ombres et de sérénité ;

Tu ne sais pas comment le cœur qui te respire,
Où ta beauté rayonne empreinte sans retour,
N'a plus de vie en soi ; qu'il meurt s'il ne t'aspire,
    Que s'il t'aspire, il meurt d'amour !

Oh ! tandisque penchant ton front mélancolique,
L'albâtre de tes mains ouvert sur sa blancheur,
Tu sembles écouter ta pensée angélique
    Pleurer dans le fond de ton cœur ;

Que tu sembles en toi chercher où sont allées
Tes sœurs à qui la mort fit un destin commun,
Et quel vent brûle ainsi dans nos sombres vallées
    Ce qui n'est que grace ou parfum ;

Tandis que le regard de ton ame te penche,
Et te penche longtemps, sur un penser de mort,
Comme un cygne dormant, voilé d'une aile blanche,
    Sur un flot sombre et noir qui dort ;

Laisse monter ma voix dans l'ombre de ton rêve,
Laisse flotter mes chants avec ta vision,
Comme deux fleurs du soir dont le parfum s'élève
    Eclos sous un même rayon...

Que ma muse, dont l'aile et t'effleure et t'ombrage,
Regarde dans ton cœur interdit à mes yeux,
Pour voir quel souvenir de son pâle nuage
    Voile ton front mystérieux.

Aimes-tu les soupirs des sources solitaires ?
Aimes-tu les rayons tièdes des soirs d'été ?
Enivres-tu ton âme, au sein des nuits austères,
    D'une pleurante volupté ?

Pour choisir, au milieu de tant de voix mouvantes,
Digne de ta belle âme, un fugitif accord !
Faut-il qu'il ait passé sur les harpes vivantes
    Ou dans les ombres de la mort ?

Avant de parcourir nos sentiers de poussière,
As-tu foulé ces bords que rien ne peut ternir ?
Pleures-tu, contemplant notre sphère grossière,
    Quelque céleste souvenir ?

Car il semble toujours que ta lèvre fatale
Dans nos vases amers boive un céleste miel ;
Et ta forme éthérée et ta face idéale
    Flotte entre la terre et le ciel.

JÉRUSALEM.

FRAGMENT.

Après l'hymne de deuil et la sombre harmonie
Que répandit sur eux la voix de Jérémie,
Quel poète oserait, sans profanation,
Déplorer de tes murs la désolation?
Devant ton deuil sacré toute lèvre est muette;
On n'a, pour te pleurer, que les pleurs du prophète,
O cité de David! et le Christ après lui,
Voyant dans l'avenir ton état d'aujourd'hui,
Ne trouva plus de mots, mais des larmes divines
A répandre sur toi du haut de tes collines.
Te voilà maintenant, sous tes durs oppresseurs,
Et morte, et survivant à tes antiques sœurs ;
Conservant tes remparts, mais pour garder la tombe
De ce Dieu dont le sang sur toi seule retombe,
Qui s'écriait sur toi qui l'avais condamné :
Seigneur ! Seigneur ! Seigneur ! tu m'as abandonné !
Et tu tremblas alors sous le gibet infâme,

Car dans ce cri suprême, il emporta ton âme ;
Et tu gardes depuis, dans ton étonnement,
Un silence de mort et d'épouvantement.

Au milieu des tombeaux de tes sombres vallées,
Des collines que Dieu de son souffle a brûlées,
De tes torrents séchés, de ton rempart croulant,
Des flots de Siloé qui pleurent en coulant,
Tu ne gardes plus rien de tes anciennes fêtes;
Tu ne te souviens plus des chants de tes prophètes;
Tu ne demandes pas au pélerin : Pourquoi
Ton or pur s'est terni ? Si sur la terre on voit
Par-dessus ta douleur d'autres douleurs plus fortes ?
D'où vient que les chemins qui mènent à tes portes
Sont déserts comme ceux des lieux inhabités?
Pourquoi l'on ne vient plus à tes solennités ?
Tu ne racontes pas tes angoisses antiques,
Quand les enfants tombaient sur tes places publiques,
Comme blessés à mort, et demandant en vain
A leurs mères en pleurs le froment et le vin.

Non, tu n'as pas besoin de raconter toi-même
Et ta suprême gloire et ta honte suprême :
Point sublime du monde où tout vient converger,
Arche que jamais rien ne pourra submerger,
Le monde entier connaît tes chances sans égales,
Tes annales de tous sont les saintes annales;
Tout homme est ton enfant et toute nation
Te nomme sa patrie, ineffable Sion !

Quand pour peindre le ciel il cherche des paroles,
Le chrétien trouve en toi des noms et des symboles;
Ils fleurissent encor sur tes rameaux flétris,
Comme une empreinte auguste au milieu des débris ;
Tes livres ont gardé, pour raviver les âges,
Sous le souffle divin, tes plus belles images ;
Tu revis tout entière en leurs chants immortels,
Qui n'ont pour digne écho que ceux de nos autels,
Depuis qu'ils ont quitté, comme une aigle sublime,
Les flammes où brûla le temple de Solyme.

Trône royal et vide où Dieu n'est point resté,
Règne dans ta douleur et dans ta majesté :
Il n'est dans l'avenir plus de but où tu tendes,
Tu n'auras plus qu'une heure, il faut que tu l'attendes :
Une heure... non point un des vulgaires instants
Que frappe à coups réglés le balancier des temps,
Mais une heure suprême, en désastres féconde,
Qui, remplissant l'attente et les destins du monde,
Dans l'abîme avec lui, sombre, ira s'engloutir,
Sans qu'une autre après elle y vienne retentir.

Vois-tu sous tes remparts la funèbre vallée
Où le soleil étend ton ombre crénelée,
Où court le lit poudreux du torrent de Cédron,
Où dorment Josaphat, Zacharie, Absalon?
Ses montagnes en deuil, de nulle ombre couvertes?
Ces portes des tombeaux à leur pied entr'ouvertes?

Ce silence d'effroi, séculaire moment
Qui ne finira plus qu'au jour du jugement?
Eh bien ! tu dois toujours, funèbre sentinelle,
Veiller sur cette attente immense et solennelle,
Afin qu'aucune voix ne profane ce lieu
Où n'éclatera plus que la voix de ton Dieu,
Quand tu verras venir ton antique victime,
Puissante, ouvrant le ciel et le puits de l'abîme,
Et le peuple des morts, dans Josaphat cité
Par la trompe éclatant sur ta morne cité,
Saluer en passant ton ombre survivante
Dont le front, dominant la scène d'épouvante,
Tombera, le dernier mystère étant rempli,
Sous le soleil éteint et le temps accompli !

LA NAISSANCE DU SAUVEUR.

ODE.

> 8. Et pastores erant in regione eâdem vigilantes et custodientes vigilias noctis super gregem suum.
>
> 9. Et ecce angelus Domini stetit juxtà illos, et claritas Dei circumfulsit illos, et timuerunt timore magno.
> Ev. Sec. Lucam, C. 12.

I.

Les vallons de Bethlem, sous un calme nocturne,
Répandaient leurs parfums, comme du fond d'une urne
    S'élève un tiède et pur encens,
Les cieux fesaient sur eux étinceler leurs voiles,
Et des pasteurs veillant aux lueurs des étoiles
    Gardaient leur troupeaux bondissants.

On n'entendait de bruit que quelques voix lointaines
Qu'épandaient dans les airs les suaves haleines
    Qui frissonnent sur les coteaux,

Des voix qui répétaient encore les cantiques
Dont celle de David faisait aux jours antiques
    Tressaillir ces mêmes échos.

Cependant qu'étendus sur la sombre verdure ,
Les bergers s'enivraient, au sein de la nature,
    Des flots d'un tranquille bonheur,
Un feu les entoura, plein de terreurs divines,
Et l'agneau tressaillit, ainsi que les collines
    Quand elles virent le Seigneur.

Un ange était debout près de leur foule pâle :
Comme un trait indécis d'un feu pur qui s'exhale ,
    Sur l'herbe il ne s'appuyait pas;
Ses regards rayonnaient comme deux étincelles,
Un jour divin naissait du reflet de ses ailes,
    Un rayon naissait sous ses pas.

L'oiseau qui gémit seul quand la nuit vient d'éclore ,
Ne répandit jamais un accord si sonore
    Dans ces vallons mélodieux,
Jamais la voix des eaux, des saints hymnes, des brises,
N'enchanta des pasteurs les oreilles surprises
    Comme ce langage des cieux :

« Que ma voix de vos cœurs bannisse toute crainte :
» Je les viens inonder d'une allégresse sainte,
    » Car Dieu vous choisit entre tous
» Pour savoir les premiers ce qu'attend tout un monde:

» Que le Sauveur , le Christ, dans cette nuit féconde,
     » Vient de naître au milieu de vous.

» La ville de David cache le roi des anges ;
» Vous l'y reconnaîtrez : couvert de pauvres langes ,
     » Une humble crèche est son berceau ;
» Il s'est abaissé là du Paradis sublime,
» Pour retomber un jour , grande et pure victime,
     » De la croix sanglante au tombeau. »

Alors , l'ange planant sur la foule étonnée,
Retraça dans les airs sa marche environnée
     Des chantres des célestes chœurs,
Et sur ce globe obscur leur hymne jaillissante,
Qui semblait des soleils la voix retentissante,
     Descendit des saintes hauteurs !

                         II.

Et quand l'obscure nuit eut repris son silence,
Les pâtres de Bethlem, sous la sainte influence
     De ces célestes visions,
Allèrent contempler, sous l'humble toit de chaume ,
Le Dieu qui revêtait la pauvreté de l'homme
     Pour visiter les nations.

Tandis que sur les bords de sa couche adorée

Eclatait seulement, dans l'étable ignorée,
    L'humble allégresse du pasteur ;
Les Séraphins, aux pieds de la Trinité veuve,
Contemplant cette crèche où commençait l'épreuve,
    Chantaient un hymne de douleur :

« Ecoutez maintenant nos harpes gémissantes,
» Car il nous manque, ô cieux ! ô cimes pâlissantes !
    » Un rayon de la Trinité ;
» Il descend tout voilé vers une terre sombre
» Où, sous des pas impurs, l'homme marchant dans l'ombre,
    » Foulera sa divinité.

» La terre va couvrir de sa livide fange
» Celui qu'aurait souillé le pur regard d'un ange
    » Dans la gloire du Paradis ;
» C'est comme un faible enfant qu'il entre dans le monde,
» Pour semer ses bienfaits dans une route immonde
    » Où tous ses pas seront maudits !...

» Qui de nous paraîtra devant son agonie,
» Pour l'aider à porter sa douleur infinie,
    » A vider le calice amer,
» Quand sa sueur de sang fécondera la terre,
» Quand il chancèlera dans la fatale guerre
    » Que lui viendra livrer l'enfer ?

» Une croix est le but de sa course sublime,

» C'est le lit douloureux où l'attache un grand crime,

  » Où, l'œuvre accomplie, il s'endort.

» O mystère inouï ! que les soleils s'éteignent,

» Pour ne pas voir un Dieu traîner ses pieds qui saignent

  » Dans les noirs sentiers de la mort !... »

AUX SOEURS MILANOLLO.

—

VERS LUS DANS UNE SÉANCE D'ADIEU.

—

La lyre suspendue aux voutes étoilées,
Laissant luire et vibrer ses cordes constellées
A des brises du ciel pleines de divins bruits,
Sur votre humble berceau, nid sacré d'harmonie,
Fit descendre le souffle et l'éclair du génie,
  Dans de mélodieuses nuits.

Un invisible esprit vous couva de ses ailes :
Et c'était l'ange, roi des harpes immortelles,
Qui voulut dans vos seins leur créer des échos,
Et, si jeunes encore, il daigna vous élire
Pour qu'avant la raison vous vint le saint délire,
  La note en flamme avant les mots.

Oui, voilà quel génie et voilà quel emblème
Ont consacré vos fronts de ce rare baptême
Où l'art donne aux élus ses révélations,
Qui mit de ses secrets en vous l'intelligence,
Et remplit, cœurs choisis, votre sublime enfance
        De saintes palpitations.

Vous rallumez partout, en répandant votre âme,
Du saint amour de l'art la généreuse flamme;
La foule, sans haleine, écoute vos accords,
Quand sur l'archet divin votre génie éveille
Ces voix dont vous créez l'ineffable merveille,
        Chœurs invisibles et sans corps.

Voix qui dans leurs sanglots pleurent comme les anges;
Voix qui dans leur délire ont des rires étranges;
Hymnes de mélodie aux sublimes accents,
Qui remontent au ciel avec une prière
Toute pleine d'amour, d'encens et de lumière,
        Dans leurs rythmes éblouissants.

Teresa, jeune cœur plein de mélancolie,
On sent que dans ta coupe une suprême lie
Te donna le secret des intimes douleurs;
Que le rayon d'en haut, sous la voûte sacrée
D'un temple plein de chants, te fit, jeune inspirée,
        Briller ses premières lueurs.

Mais toi, que la candeur de ton âge décore,

Maria, de ton âme où rien ne pleure encore,
Dans toute sa gaîté le chant s'épanouit ;
Aux notes de ta sœur pleines de rêveries
Tu mêles, en riant, les tiennes, pierreries
    Dont ton archet nous éblouit.

Et puis, vous qu'on admire et que l'artiste envie,
Comme d'autres enfants vous marchez dans la vie ;
Vous semblez ignorer le rayon qui vous suit ;
Vous sortez du triomphe, et ce n'est plus qu'un songe ;
Quand tout vous applaudit, nulle de vous ne songe
    Que c'est la gloire qu'un tel bruit.

Beaux anges voyageurs, pélerins de la gloire,
Nous n'allons plus ouïr que dans notre mémoire
Ces accords qu'avec vous vous emportez ailleurs :
Vos chants d'adieu semblaient redoubler d'harmonie :
C'est donc vrai que toujours du cygne et du génie
    Les derniers chants sont les meilleurs ?

Lorsque vient dans ce monde où tout passe si vite,
Après l'heureux séjour, cette heure où l'on se quitte,
On échange des dons au moment des adieux ;
Prenez ces coupes d'or ; ces dons, ce sont les nôtres,
Enfants, et nous avons déjà reçu les vôtres
    Fugitifs et mélodieux.

Recevez de nos mains la coupe et la couronne :
Que l'une sur vos fronts se repose et rayonne

Comme un symbole heureux de l'immortalité ;
L'autre est vide et brillante, image de la gloire ;
Mais elle unit deux noms chers à notre mémoire
   Au beau nom de notre cité.

Quand vous le relirez, que ce nom vous rappelle
De ceux que vous quittez le souvenir fidèle ;
Vos triomphes, ici, renaissant chaque soir ;
Comme une chère voix qu'un jour il vous conseille,
Au foyer des amis que vous garde Marseille,
   De venir encor vous asseoir.

UNE PAGE INTIME.

Ombre de mon midi, douce et tendre pensée
Qui chantes dans mon cœur, saintement cadencée
Comme un soupir voilé d'harmonie et d'amour;
Jour qui viens redorer la pâleur de mon jour;
N'as-tu donc pas assez de l'air des solitudes?
As-tu plié ta vie aux molles habitudes
De ces jours de soleil, de verdure et de paix,
Où notre ame voudrait s'endormir à jamais?
Oh! quand reviendras-tu, front rêveur et candide,
Aux heures de mes jours remplir ta place vide,
Et dans mon ame en deuil, hélas! où tout se tait,
Réveiller cet écho qui sous ta voix chantait?
Ou plutôt, que ne puis-je, à cette source aimée
Qui d'ivresse remplit ta coupe parfumée,
Aller remplir aussi ma coupe, de bonheur,
Partager ce repos dont s'enivre ton cœur,
Comme le blanc ramier dont toujours l'aile tombe
Vers le bassin limpide aimé de la colombe.

4

Oh! s'il m'était donné de contempler, là-bas,
Dans ces sentiers si frais qui parfument tes pas,
Ta grâce si rêveuse et ton front où surnage,
Comme au sommet d'un mont l'or mouvant d'un nuage,
Un penser de tristesse et néanmoins si beau
Qu'on ne sait s'il te vient du ciel ou du tombeau;
Oh ! s'il m'était donné de suivre d'heure en heure,
Au rayon qui te baise, au souffle qui t'effleure,
Sur tes traits modulés à leur impression,
Le gracieux reflet de chaque émotion ;
Je te dirais alors : Douce fleur des campagnes
Balance toi longtemps aux brises des montagnes,
Garde ton horizon dont mon œil aime tant
Les crêtes d'or que baigne un azur éclatant;
Nage dans cet air pur dont la céleste lame,
Comme l'onde un vaisseau, doucement berce l'âme ;
Sous ce dôme où l'on voit les étoiles fleurir
Laisse ton pur regard d'astre en astre courir;
Ecoute, sous cette ombre où ton cœur se recueille,
Le souffle harmonieux qui parle dans la feuille ;
Vois, écoute, comprends, car, ici, nuit et jour,
Souffle, aspect ou rayon, toute chose est amour.

Mais, comme le sourire, éclair d'âme et de grâce,
A peine sur ta lèvre est éclos qu'il s'efface,
Ces jours épanouis sur tous tes autres jours,
S'ils te brillent plus beaux, te vont finir plus courts;
C'est notre sort , ici : plus prompte que l'idée
La coupe du bonheur dans nos mains est vidée ;

La lèvre touche à peine à la tiède liqueur
Qu'on ne trouve déjà plus qu'un regret au cœur.
Quitte donc cette extase où ton être se plonge,
Et de ces beaux soleils emportant le beau songe,
Viens, le cœur plus suave et le front plus serein,
Comme une eau douce tombe au fond du flot marin,
Te mêler à des jours orageux et si sombres
Qu'ils ont besoin de toi pour réjouir leurs ombres ;
Et pardonne à celui qui rappelle tes pas
De cet heureux sentier qu'il ne partage pas ;
A celui qui voudrait, divine enfant, t'élire,
Pour reine de son cœur, pour muse de sa lyre,
Pour l'idole qui puisse habiter à jamais
D'un avenir rêvé les plus divins sommets.

LA PLACE DU TOMBEAU.

—

Quand l'âme, en effaçant sa fugitive teinte,
Ainsi que le foyer dont la flamme est éteinte,
A laissé sur un front la pâleur de la mort ;
Sur ce reste muet un peu de terre tombe :
C'est là le dernier bruit qu'on fait sur une tombe,
    Puis on s'en éloigne et tout dort...

Tout dort... Un souvenir qui dans un cœur sommeille,
Quelquefois, cependant, attristé, s'y réveille,
Alors sur cette tombe on répand quelques pleurs ;
Quelquefois un passant lit sur la froide pierre
Que jadis comme lui vous vîtes la lumière
    Sur cette terre de douleurs.

Mais que sur un vain marbre un nom brille ou s'efface ,
Qu'il soit lu seulement par l'œil distrait qui passe,
Quel charme consolant en vient-il au cercueil ?

Heureux celui qui grave un nom dans un cœur tendre !
Souvent de tièdes pleurs vont réchauffer sa cendre
    Qu'embaume la prière en deuil.

O mon Dieu ! si ta main, avant le temps, s'abaisse
Pour cueillir dans leur fleur ma vie et ma jeunesse,
Fais qu'une âme candide aime mon souvenir !
Si je porte mes pas jusqu'aux bornes de l'âge,
Fais qu'au cœur de mes fils ma consolante image
    Ne puisse jamais se ternir !

Afin que d'un cœur pur, d'un amour ineffable,
Vienne dans mon tombeau briller le feu durable,
Qu'une âme s'y répande en soupirs chaque soir,
Que, pour y consoler l'amour et l'innocence,
L'inaltérable Foi, l'immortelle Espérance,
    Près de la mort viennent s'asseoir !

Si le ciel où s'ouvrit ma débile paupière
Console mes regards à mon heure dernière,
J'ai choisi l'humble couche où l'on viendra gémir.
Là, tout près du gazon, qu'un tertre plein de mousse,
Si des pas étrangers y portaient leur secousse,
    Leur dise : Laissez-le dormir !...

Car ce lieu tout désert, plein d'un silence austère,
A la paix des autels, leur parfum, leur mystère ;
Ainsi qu'un sanctuaire, il s'arrondit au fond ;
Le ciel bleu sur son roc en voûte se déploie,

Et souvent quelque chant de tristesse ou de joie
    S'élève dans son chœur profond.

Quand les brises d'été, qui des hauts pins descendent,
A flots mélodieux, vers le soir, s'y répandent,
Elles semblent les voix des orgues du saint lieu ;
Et dans les soirs sereins du beau ciel de Provence
Souvent le rossignol s'y plaint dans le silence,
    Comme une âme devant son Dieu.

Toujours quelque lueur de l'azur descendue
Vient y veiller la nuit, mollement épandue
Comme la douce lampe au reflet éternel.
Toujours quelque soupir des feuilles qui sommeillent,
Toujours quelques échos aériens qui veillent,
    S'exhalent de là vers le ciel.

Là, chaque heure du jour ou de la nuit sacrée
Répand une harmonie, une teinte dorée,
Et le grave silence y domine toujours ;
On sent, sous le rocher qui rend ce lieu plus sombre,
Qu'un tombeau serait bien pour y laisser une ombre
    Dormir sa nuit après ses jours.

Surtout quand des cyprès, symboliques fantômes
Qui se dressent autour des sépulcres des hommes,
Y répandront leur teinte et leurs frémissements ;
Quand la sévère mort, y posant son empreinte,

Douce et morne fera planer sur cette enceinte
    L'atmosphère des monuments ;

Quand l'immobile croix, de sa base éternelle,
Jetant sur ce tableau son ombre solennelle,
Dominera, semblable à l'espoir immortel,
Quand ses rameaux sacrés, où pend le fruit de vie,
Se pencheront un peu vers une tombe amie,
    Comme un archange vers l'autel ;

Quand des pas mesurés, une robe flottante,
Y viendront éveiller ma cendre palpitante,
A cette heure où le vent pleure dans les rameaux ;
Quand pour voir si nul bruit alors ne s'en exhale
Une ombre inclinera son front sur une dalle,
    Ainsi qu'un ange des tombeaux.

Dans ce recueillement et loin des bruits profanes,
Le sommeil de la mort sera doux à mes mânes,
Pourvu que dans un cœur mon nom reste vivant ;
Quand mon cercueil n'aura plus rien qui le protége,
Pourvu qu'en aucun temps une main sacrilége
    Ne jette mes cendres au vent.

※

EGO SUM PASTOR BONUS.

Quand de ses jours obscurs dépouillant le mystère,
Jésus par ses discours s'annonçait à la terre ;
Un jour, sur les degrés du temple de Sion,
D'une image touchante ornant sa parabole,
A la foule endurcie il jeta ce symbole
  De sa céleste mission :

« Je suis le bon pasteur : le pasteur véritable
» Donne pour ses brebis son âme charitable,
» Un mutuel amour le lie à son troupeau ;
» Et si de son bercail quelqu'une se sépare,
» En rapportant de loin la brebis qui s'égare,
  » Revient joyeux sous son fardeau.

» Il n'abandonne point, comme le mercenaire,
» Ses tremblantes brebis à la dent sanguinaire,
» Quand le loup les surprend pour assouvir sa faim ;

» Mais il leur donne part à la vie éternelle,
» Et rien ne peut tromper sa veille paternelle,
     » Ni les arracher de sa main. »

Ainsi, dans son langage aimable et symbolique,
Il traçait ce portrait de l'homme apostolique,
Ce type de l'amour et de la charité !
Gloire à qui sut aimer ce sublime modèle,
Et, sans jamais faillir, suivre d'un pas fidèle
     Ces traces de la vérité !

Sur ce type divin il modela sa vie,
Cette trace par lui jusqu'au bout fut suivie,
Il vécut aux clartés de ce divin flambeau,
Ce pasteur vigilant que son peuple entier pleure,
Qui de ses saints travaux, poursuivis à toute heure,
     Ne s'est reposé qu'au tombeau.

Sur le sommet sacré de la montagne sainte,
Dieu vous le fit pleuvoir de la céleste enceinte
Comme un gage donné de bénédiction,
Et de tant de vertus il parfuma son âme,
Qu'il brûlait devant lui de leur céleste flamme
     Comme un vase d'élection.

A toutes les douleurs prêtant son assistance,
Il consumait ainsi sa pénible existence,
Et l'ange, quand vers eux cette âme prit l'essor,

Qu'elle remit à Dieu ses heures accomplies,
De prière et d'aumône et de sueurs remplies,
  Lui dut envier ce trésor.

Des marches de l'autel où sa prière abonde,
Voyez-le dédaigner les grandeurs de ce monde,
Ou, ne leur empruntant que leur solennité,
Du pieux sanctuaire en revêtir les fêtes,
Et rêver, aux accords des harpes des prophètes,
  Les fêtes de l'éternité.

Là, penchant vers la foule une tête blanchie,
Un regard où du ciel la grâce est réfléchie,
Il parlait.... Mais la chaire est veuve du docteur....
Il n'y répandra plus sa pieuse morale
Qu'empregnaient de sa voix l'onction pastorale
  Et l'éloquence de son cœur.

C'est une voix de moins pour chanter tes louanges,
Un modèle effacé qui rappelait tes anges,
Une main dont le pauvre a seul connu le prix,
Un juste retranché de leur trop petit nombre,
Enfin, et de ton fils sur la terre c'est l'ombre,
  O Dieu ! que tu nous a repris !

C'est le patron de l'humble et l'ami de l'enfance,
Un œil toujours ouvert veillant sur l'innoncence,
Qui du dernier sommeil dans la tombe s'endort.

Pour vous qu'il élevait sous les yeux de Marie,
Vierges, c'est de science une source tarie
   Par une haleine de la mort.

Mais il vous reste encor, pour héritage auguste,
La mémoire éternelle et les traces du Juste,
Et le sépulcre ouvert à ses restes mortels
Attend votre prière · ainsi de saintes tombes,
Pour la prière en deuil cachée aux catacombes,
   S'élevaient jadis en autels.

HYMNE

AU DRAPEAU TRICOLORE.

1832.

—

Quand la brise du soir ou le vent de l'aurore
Déroule tes rayons, ô drapeau tricolore !
    O roi des étendards !
D'où vient qu'aussi mon cœur se réveille et palpite ?
Que toujours je te suis, dans cet air qui t'agite,
    De mes brûlans regards ?

Et sous les vastes plis de tes couleurs profondes
Je lis des noms sacrés que savent les deux mondes,
    Noms par la gloire écrits,
Et je sens que gêné dans nos froides murailles
Tu voudrais t'élancer au milieu des batailles,
    Planer sur des débris !

Oui, dans mon sein fécond s'agitent ces pensées,
Quand je vois tes couleurs mollement balancées
    Par l'air seul du matin,

Toi que rien n'éveillait sur tes fidèles tentes,
Que tambours belliqueux, fanfares éclatantes,
        Canons dans le lointain !

Sur tes brillants lambeaux si j'attache mon ame,
Quand ils s'allongent, tels qu'un météore en flamme,
        A mes yeux éblouis,
Si dans mon front brûlant une lueur subite
Fait qu'en te contemplant je m'exalte et médite
        Des pensers inouis ;

C'est qu'au souffle puissant des fureurs populaires
Tu t'agitas, guidant de sublimes colères
        Dans un libre sentier,
Quand de la Liberté la France devint fille
Et te montra vainqueur, du haut de la Bastille,
        A l'univers entier !

Sur le mât orageux de notre république,
C'est que tu t'épandis comme un arc magnifique
        Devant les nations,
Qu'à leurs yeux tu voilas tous les trônes du monde
Qu'atteignaient, comme un flot qui détruit et féconde,
        Nos révolutions.

C'est que dans l'Orient, aux pages solennelles,
Tu volas retremper tes couleurs éternelles ;
        Qu'à ce vaste horizon,
Sous le vent du désert flottant aux pyramides,

Tu signalas au monde en tes reflets splendides
Le grand Napoléon !

C'est qu'une fois saisi par cette main puissante,
Tu fis trembler au loin la terre frémissante,
Muette devant toi ,
Quand des rois palissans tu broyais les armées,
Et quand ton vol rasait leurs cités alarmées
Palpitantes d'effroi !

Ainsi, pour te guider dans ta course infinie ,
Tu vis Napoléon te prêter son génie,
Austerlitz son soleil ;
Mais à force d'errer tu trouvas un abîme ;...
Et pourtant rien d'égal à ta chûte sublime...
Rien , hormis ton réveil...

Ton réveil ! quand le peuple, aux trois grandes journées,
Sous ton ombre abrita ses hautes destinées ;
Quand sortant par essaim ,
Ces soldats inconnus , que la liberté garde ,
Marchaient, d'un nouveau siècle admirable avant-garde,
Au bruit du grand tocsin !

Voilà qu'après ces jours, qui vivent de leur gloire ,
Au faite radieux de la grande victoire
S'affaissa ton orgueil :
Comme un aigle lassé des clartés éternelles,

Qui, sur un roc sublime a replié ses ailes
    Et plonge en bas son œil.

Mais qu'un vautour sanglant usurpe son empire,
L'aigle s'enflamme encor d'un sublime délire,
    Il jette un cri vainqueur,
Il étend sur l'abîme une aile palpitante,
Dans les feux du soleil trace sa route ardente
    Et revèt leur splendeur.

Tes rayons assoupis s'éveilleront de même,
Car tu n'eus pas en vain pour immortel baptême
    Cent gigantesques noms,
Car depuis quarante ans, ô drapeau tricolore !
Jamais tu n'as manqué, quand le peuple t'implore,
    Quand grondent les canons !

FRAGMENTS D'UN POÈME.

—

Prélude.

Non, de la fraîche adolescence
Jamais les jours ne reviendront
Me rendre encore l'innocence
Cette auréole de ton front !

Si poursuivant tes traces d'ange
Dans de poétiques sentiers,
Je pouvais secouer la fange
Dont la vie a souillé mes pieds ;

Si j'étais pur comme l'étoile
Eclose d'un germe de feu,
Qui, sans qu'une ombre nous la voile,
Refleurit ardente au ciel bleu ;

Si ne connaissant point les larmes
Des souvenirs et des regrets
Mon âme éprouvait moins de charmes
A fuir sous l'ombre des cyprès ;

Et si ma pensée angélique
S'ouvrait encor comme tes yeux
Qui n'ont rien de mélancolique
Même en s'élevant vers les cieux.

Si je répandais ma prière
Dans la pureté de mon cœur,
Comme tu fais, tendre lumière
Du sanctuaire du seigneur ;

Si sur ma vie encor candide
Veillaient l'Espérance et la Foi,
Ces guides à l'aile splendide
Qui se sont séparés de moi ;

Si le vallon à l'ombre aimée,
D'où se sont exilés mes pas,
Terre de souvenirs semée,
Devant moi ne se fermait pas ;

S'il me restait une retraite
Où ma harpe pût réunir,
Avec mes rêves de poète,
Toi, rêve de mon avenir ;

Et si le passé de ma vie
N'était pas un sombre bassin
Qui remplit ma bouche flétrie
De l'amertume de son sein ;

O vision suave et pure !
Vierge des chrétiennes amours !
Echo de la sainte nature !
Type éclatant de nos beaux jours !

Toi qu'en passant j'ai respirée
Comme une fleur du Paradis,
Par la main d'un ange égarée
En foulant nos sentiers maudits !

Nos âmes vibreraient mêlées,
Et vibreraient jusqu'à la mort
Comme ces cordes ébranlées
Dont ta main ne fait qu'un accord.

Mais, sur la terre où tout se souille,
Tu vois, mes jours sont un trésor
Où la vie a mis trop de rouille
Pour pouvoir te l'offrir encor.

Pourtant quand de ta voix suave
J'entends le timbre aérien,
Je suis léger comme l'esclave
Dont on a brisé le lien :

Elle est pour moi la fraîche averse
Qui tombe en réseaux argentins
Sur des soirs flétris, et leur verse
Toute la fraîcheur des matins :

C'est ainsi qu'une urne dorée
Lave d'un encens immortel
Une basilique éplorée
Dont on avait souillé l'autel.

Et c'est ainsi qu'une parole,
Qu'a murmurée un cœur pieux,
Fait qu'une âme est pure et s'envole
Au seuil immaculé des cieux.

DEUXIÈME FRAGMENT.

Souvenir ! souvenir !... calme et tiède soirée ;
Route agreste et sans bruit, dans les monts égarée ;
Bonheur qui, devant moi, rouvrais tes ailes d'or,
Bonheur que j'atteignais sans presque y croire encor,
Car au bout du chemin, derrière la colline,
Elle allait se lever, la vision divine !...
J'allais donc lui parler !.. pour la première fois
Sentir battre mon cœur tout un jour à sa voix ;
La voir !... oh ! tout est là !... dans ces calmes demeures,
Devant elle, oublier les pas jaloux des heures ;
La voir !... non d'un coup d'œil et dans l'éloignement,
Mais contempler de près ce sourire charmant,
Ce regard indicible et dont la chaste flamme
Luit éternellement dans l'ombre de mon âme ;
Mais suivre tous ses pas de sentier en sentier...
Oh ! ce bonheur d'un jour tiendrait un siècle entier !
Oh ! laissez-moi rêver, laissez-moi, que je compte
Et grave vers à vers, dans leur fuite trop prompte,
Chacun de ces moments à jamais révolus,
Et qu'il faudrait pleurer... parce qu'ils ne sont plus !...

Elle était là... sur la terrasse,
Quand je franchis l'humble escalier,
Appuyant, dans sa molle grace,
Sa tête à l'angle du pilier !

Cette harmonieuse figure,
Que voilait une nuit d'été,
Se détachait encor plus pure
De cette vague obscurité.

Oh! dites-moi quelle pensée
Veillait dans ce front adoré,
Dans quel songe était enfoncée
Sa paupière au rayon sacré?

Lorsque sa ravissante tête
Vers l'ombre tiède se penchait,
Dans cette nature muette
Dites quel bruit elle cherchait?

Ah! dans le ciel et sur la terre,
O bel ange! que voyais-tu,
Qui valut ton front solitaire
De tant de beauté revêtu?

Qui valut ta molle attitude,
Si céleste qu'on croyait voir
Un esprit de la solitude
Perdu dans les ombres du soir?

Et ma parole palpitante
Se brise sans expression,
Sans image assez éclatante
Pour rendre cette vision!...

Et je m'approchai d'elle... et tressaillant de crainte,
J'entendis cette voix où son âme est empreinte ;
Et ce n'est pas assez, pour un pareil moment,
De l'hymne du poète et du cœur de l'amant !...
Le soir n'eut qu'un instant ; illuminé par elle,
Ce ne fut qu'un éclair de lumière immortelle,
Qu'une extase du ciel qu'un regard inondait
Où, comme un chant d'amour, une voix descendait.
Puis, quand vint l'heure triste où tout devait se taire,
Son image éclairait ma veille solitaire,
Et je la contemplais en bénissant l'espoir
Que tout le lendemain serait comme ce soir !...

Oui, je l'avais toujours rêvé, mais sans y croire,
Ce jour dont je redis ici la simple histoire ;
Bien souvent mon esprit se l'était retracé
Tout en ravissement auprès d'elle passé,
Dans cet heureux vallon. — Au haut d'une montagne
D'où l'œil plongeait au loin jusqu'à cette campagne,
Un jour de cette année en songeant je m'assis,
Et, donnant une forme à mon rêve indécis,
Avec elle, en ces lieux, j'errais dans ma pensée,
Egarant jusque là ma raison insensée !...
Et qui m'eut dit alors que Dieu me réservait
Un jour qui me donnât ce que mon cœur rêvait ?...
Ce que mon cœur rêvait ?... mais jamais son délire
Aux pages de mon temps à venir n'osa lire
Un destin si complet, voilé si saintement
Dans cette solitude et ce recueillement !...

Et tout un jour faire un échange
De mots qui trahissent le cœur,
Marcher sur les traces d'un ange,
Ou voir en face son bonheur !...

Du moment qu'elle vint répandre
Son charme autour d'elle, au réveil,
A son pur regard se suspendre
Pendant tout le tour du soleil !...

Et la suivre, magique reine,
Parmi ces gracieux vallons,
Partout où son pas vous entraîne,
Partout où sa voix dit : Allons !...

Ainsi redescendant au fond de la vallée
Par la côte stérile et du soleil brûlée,
Nous trouvâmes, au pied d'un rocher de granit,
Quelques chênes touffus, un frais asile, un nid
Où dérobant son front blanc au rayon qui tombe
Elle vint s'abriter ainsi qu'une colombe.

.   .   .   .

.   .   .   .

Là, je lui récitai les poètes qu'elle aime :
Dans Elvire à l'œil pur ne voyant qu'elle même,
Je cherchais dans les vers un timide détour
Pour lui porter en eux l'aveu de mon armour.

Le soir, sur le sommet que la nuit tiède voile,
Son doigt me désigna, dans le ciel, une étoile,
Astre qu'elle a choisi pour elle au firmament,
Car il faut que toujours ce simple cœur aimant,
Que son œil sur la terre ou plus haut se repose,
Pour la chérir un peu, choisisse quelque chose.

Et le jour m'échappait... ralentissant mes pas,
Heureux de la sentir appuyée à mon bras,
Je voulais prolonger cette innocente joie
D'aller en même temps dans une même voie,
De lui parler encor, sans témoin, de chercher
Un mot où mon amour pût enfin s'épancher !..

L'heure inflexible vint, dans sa sombre tournée,
Me sceller à minuit l'ineffable journée !
Mais j'emportai du moins dans mon sein éperdu
L'espoir qu'à mon aveu son cœur eût répondu ;
J'avais pressé sa main !.. et, s'il faut que je meure,
Que cette impression dans mon ame demeure,
Seigneur, par elle seule et par ce seul flambeau
Le ciel me voilera le chemin du tombeau !...

. . . .
Si ce jour a laissé quelque trace en son cœur,
Continuez pour moi ce rapide bonheur ;
Qu'il n'ait pas fui, mon Dieu, comme l'heure légère
Emportant tout ce ciel dans sa main passagère ;
Qu'il reste dans ma vie et revienne à jamais
Brillant comme une aurore aux célestes sommets,

5

Doux comme son regard et comme sa voix tendre.
Sur mon brûlant chemin, mon Dieu, daignez étendre
Cette ombre de fraîcheur ; donnez-moi, donnez-moi
De passer désormais tous mes jours sous sa loi,
D'embellir tous les siens, de parfumer son ame
D'amour, et, de ses ans pour enrichir la trame,
De chercher chaque jour tout ce qu'on peut trouver
Pour la faire sourire ou la faire rêver.
Ma vie est sur son front, son regard fait ma joie,
Mettez ses pas divins dans mon aride voie ;
Mettez dans ce cœur pur un amour palpitant
Afin qu'elle aime un peu celui qui l'aime tant,
Et je vous bénirai, si votre main confie
A mon cœur le doux soin d'enchanter cette vie,
De faire, en les comblant, rayonner tous ses vœux
Sur ce front idéal, pur sous ses blonds cheveux !..

TROISIÈME FRAGMENT.

—

Quand le vent de la nuit passe entre les rameaux,
Quand des accords plaintifs roulent avec les eaux,
Quand l'oiseau qui sommeille, au bruit de mon passage,
Jette un timide cri mourant dans le bocage,
Bruits sortant du repos, mystérieuses voix,
Ils semblent un regret des beaux jours d'autrefois !
Peut-être de ces jours ils m'annoncent une heure !
Peut-être, descendant de sa haute demeure,
Celle à qui mon cœur rêve a cessé son oubli !
Vers moi penchant ton front de lumière embelli,
Oui, d'amour, de bonheur, dans mon âme oppressée
Tu rouvres un torrent...
                         Hélas ! vaine pensée !..
Comme le lendemain des jours que tu vécus,
Je regarde, te cherche et ne te trouve plus !

Filles de mes regrets, ô plaintives pensées !
Allez, allez gémir sur les pierres glacées !..

Allez sur les tombeaux dont la lugubre voix
Parle, comme mon cœur, des choses d'autrefois.
Si je veux rappeler une ombre d'un beau songe,
Dans le riant passé mon âme se replonge :

Là, brillent des regards éteints pour l'avenir,
Un sourire effacé pour ne plus revenir ;
Là, dans les frais sentiers où le pied ne se pose
Qu'une fois dans la vie, est une fleur éclose,
Une fleur qui s'ouvrant timide sous ma main
S'effeuilla, fraîche encor, sur mon triste chemin.
Ah ! dans les frais détours de ces arbres sans nombre,
Dont mes doux souvenirs s'en vont repeupler l'ombre,
Comme un vague reflet d'une lumière d'or,
O fantôme adoré, tu m'apparais encor !
Tu m'apparais encore avec ton front modeste,
Avec ton œil brillant de son azur céleste,
Et même tu redis quelques uns de ces mots
Qui résonnent en moi dans de vivans échos,
Depuis que s'exhalant comme une triste plainte
Ton angélique voix sur ce monde est éteinte,
Ces mots consolateurs qui tombaient sur mes sens,
Ainsi qu'une rosée aux pleurs rafraîchissants !
Car je vivais par elle, et lorsque sa tendresse
Voyait d'un noir souci se ternir ma jeunesse,
Un intime regard, un sourire inouï
Illuminaient d'amour mon cœur épanoui,
Et soudain j'éprouvais un sentiment étrange,
Comme si sur mon front passait l'aile d'un ange...
Aujourd'hui je suis seul, et mes tristes ennuis
Veillent, veillent, pareils à la lampe des nuits.
Car de mon âme en deuil sa belle âme ingénue
Un jour se détacha, comme l'on voit la nue
Se détacher des monts au souffle du matin ;

Elle finit ainsi son terrestre destin ;
Le mien est de pleurer , de compter sur sa tombe
Des jours désenchantés et dont chacun retombe
Comme un funeste poids qui, frappant sur mon cœur,
Sait le fermer à tout... hormis à la douleur !

Filles de mes regrets, ô plaintives pensées ?
Allez, allez gémir sur les pierres glacées !

Tel qu'un humble signal , ignoré, qu'une main
Mit, pour se souvenir, sur le bord d'un chemin,
Sur la fatale voie où sans retour tout passe
On dressa son tombeau dans un étroit espace ;
Point d'ombre, point de fleurs, son nom seul est tracé
Et, comme sa mémoire, il est presque effacé.
Pour revoir ses beaux jours , mon âme désolée
Se relève parfois sur la pierre isolée :
Un aride soleil y brûle tout le jour
Et rien, hors mes regrets, ne peut croître à l'entour !

Filles de mes regrets, ô plaintives pensées !
Allez, allez gémir sur les pierres glacées !

Tu n'es pas belle , ô mort ! c'est en vain que l'espoir ;
Veut te peindre aux mortels , douce comme un beau soir ;
Vainement dans ta nuit qui noie et qui dévore,
La folle illusion voit poindre une autre aurore ;
O tombeau ! c'est en vain que la religion
Promet à tes sujets une autre région,

Aurore, jour, espoir, en toi rien n'étincelle,
Toujours, toujours la nuit! ô mort tu n'es pas belle!
On dit que dans la vie, où tout est vanité,
Ton écueil offre au moins une réalité :
Mais qui donc a sondé ta nuit impénétrable,
Cette autre illusion plus sombre et plus durable?
Ici, quand l'ombre vient, le nocturne repos
Rend les pas plus bruyans, plus distincts les échos :
Que de fois, combattu de doute et d'espérance,
Je criais au tombeau de rompre son silence!
Hélas! des bords profonds, dans cette affreuse nuit
Ma parole a tombé sans échos et sans bruit!..
Aussi, quelle tristesse amère vous pénètre
Quand ce qui fesait vivre, hélas! a cessé d'être;
Quand élevés aux cieux, abaissés au tombeau,
Vos yeux, toujours trompés, n'ont rien vu de nouveau;
Qu'on a pris vainement les ailes des prières,
Qu'en vain l'enthousiasme épura vos paupières,
Et qu'on retombe enfin dans la nuit d'où l'on sort,
Ayant brisé son âme aux secrets de la mort!

Filles de mes regrets, ô plaintives pensées!
Allez, allez gémir sur les pierres glacées!

Comme on sent, en rêvant sous ces dômes épais,
De ces heures de nuit la fraîcheur et la paix !
Des bruits mystérieux qui passent dans les saules
Répandent dans les airs d'indécises paroles;
Les parfums qu'ont livrés les fleurs aux vents du soir

Flottent comme l'odeur d'un céleste encensoir ;
Du sein des eaux, du fond de la forêt obscure ,
S'échappe, par moment, un étrange murmure ;
On dirait qu'un géant, qui dort, a soupiré
Ou qu'en se réveillant la terre a respiré.
Tout paraît annoncer à l'âme solitaire
Que c'est l'antique nuit enfantant un mystère.
Et peut-être, au milieu de ces scènes de nuit,
Il se révèle un mot, peut-être un éclair luit !
Ecoutons, écoutons ! car ces heures funèbres
Ne passent point ainsi couvertes de ténèbres ,
Sans porter dans leur sein morne et silencieux
Des messages divins gardés pour d'autres cieux !
Ecoutons !.... ah ! plutôt, vents, parfums, vains prestiges,
Fantômes qui glissez sans laisser de vestiges ,
Avec l'amour, l'espoir, vous venez , tour à tour,
Vous , me bercer la nuit ; eux , me tromper le jour !...

Filles de mes regrets, ô plaintives pensées !
Allez, allez gémir sur les pierres glacées !

O marbres des tombeaux, silencieux autels
Où se penchent rêveurs tous les fronts des mortels ,
Comme si dans les traits d'une épitaphe noire
Notre œil lisait plus loin que la terrestre histoire ,
On dit que sous l'effort des fantômes muets,
Portes des monumens, la nuit, vous remuez :
Quand le morne beffroi sonne, aux heures profondes
Où tout dort, excepté les astres et les ondes,

Comme pour respirer la fraîcheur de la nuit,
Ou bien ce calme obscur qui pour eux est du bruit,
Plus d'un mort soulevant la pierre tumulaire
Sur le lit éternel compte une heure éphémère.
Si quelque jeune cœur, exhalant des regrets,
Sans venir des tombeaux, erre entre les cyprès,
Alors, pareille au bruit du battement d'une aile,
Une voix qu'il connut doucement le rappelle
Et leurs doux entretiens ressuscitent les jours
Où sous quelques soleils ont fleuri leurs amours.
Est-ce une illusion ?... l'on dit que, comme un songe,
L'ombre dans le tombeau muette se replonge
Quand le jour vient troubler de son profane bruit
Le flot silencieux des heures de la nuit !

Il est, parmi les fleurs que zéphyre balance,
Une fleur qui jamais ne vit le jour aux cieux ;
Mais quand Vesper s'allume aux heures de silence,
Elle ouvre doucement, à sa molle influence,
        Un calice mystérieux.

Les larmes de la nuit, la nature voilée,
Les astres gravitant dans l'immobile azur,
Une haleine de l'air en soupir exhalée,
La cascade lointaine éveillant la vallée,
        Enchantent son réveil obscur !

Puis, lorsque un trait du jour rompt le charme qui lie
L'humble fleur à la nuit, par un intime accord,

Triste, elle se flétrit, se penche, se replie,
Et seule, se replonge avec mélancolie
    Dans le sommeil, quand tout en sort!

Et toi qui n'ouvres plus au soleil ta paupière,
Comme elle, maintenant amante de la nuit,
Toi que j'aime toujours, désolante poussière!...
Pourquoi de ce tombeau ne pas rouvrir la pierre,
    Lorsque la douleur m'y conduit?

Nous parlerions encor de nos jours pleins de charmes,
Jours où de ta beauté s'enivrait ton amant!
J'écouterais ta voix... j'oublirais mes alarmes...
Jusqu'à l'heure où l'aurore épand ses froides larmes
    Sur ton funèbre monument!

QUATRIÈME FRAGMENT.

Épilogue.

Gémis, comme la nuit entend gémir la brise,
Prête à ma sombre voix de lugubres accents,
Resonne sous ma main, avant qu'elle te brise
Et jette tes débris sous les pieds des passants.

Un nuage a couvert l'aurore de la vie,
Un funèbre brouillard en voile l'avenir,
Je n'ai que le présent, mais rien qui m'y sourie,
Lyre, et mon cœur est las de se ressouvenir !

J'aimais, quand sous mes doigts vibrait ta corde neuve,
A mêler de doux chants aux plaintes des oiseaux,
Poète, la nature, où la muse s'abreuve,
M'enivrait de son miel et des limpides eaux.

Un hymne qui semblait la prière innocente
Que l'enfant vers le ciel exhale à son réveil,
Eveillait dans mon sein une âme adolescente
Qu'un radieux printemps dorait de son soleil.

Ce bonheur a brillé tout un jour sans nuage,
Mais il sortit moins pur de sa première nuit,
Et, terni par degrés, chaque jour un orage
Me brisait une fleur, m'étouffait quelque bruit.

Et leurs coups redoublés m'ont laissé sur la terre,
Nu comme un champ fertile où la grêle a bondi,
Triste comme au désert un débris solitaire,
Vide d'illusions comme un brûlant midi.

Maintenant le malheur devant mes pas se lève,
Quand un sombre ennemi surprend le voyageur
Il rejette un vain poids qui gênerait son glaive,
Moi, je jette la lyre à l'aspect du lutteur.

Gémis, comme la nuit entend gémir la brise,
Prête à ma sombre voix de lugubres accents,
Résonne sous ma main, avant qu'elle te brise,
Et jette tes débris sous les pieds des passants.

Car pareils au rayon qu'un enfant veut étreindre,
Les dons brillants du monde échappent à ma main,
Les feux qui me charmaient je les ai vus s'éteindre,
Il reste une nuit sombre où blanchit mon chemin.

Marchons, suivons tout seul la route désolée,
Ne cherchons plus l'Eden où mes pas ont passé,
Qu'importe à l'âme en deuil qu'un rêve a consolée
Par un réveil de fer le doux songe effacé ?

Il ne faut point de chant dans ce pélérinage ;
Brisons, brisons la lyre, inutile instrument ;
L'homme transmet à l'homme un cœur, pour héritage,
Qui de toute douleur sait le gémissement.

Hymnes d'amour, soupirs d'une âme qui s'éveille ;
Jours des champs,dont l'oiseau marque en chantant les pas;
Amitié du foyer qui n'as point de pareille;
Tendre amour maternel qui seul ne trompes pas;

Abris harmonieux, poétiques campagnes
Où la Muse souvent parlait au cœur ravi ;
Vous qui me descendiez des célestes montagnes,
Aurores, dont le jour, hélas ! n'a pas suivi,

Je veux vous dire adieu, je veux vous dire encore
L'hymne de pleurs qu'on chante à ce qu'on a quitté,
Puis, dans un vain désert portant un pas sonore,
M'y perdre sous la main de la fatalité !

Gémis, comme la nuit entend gémir la brise,
Prête à ma sombre voix de lugubres accents,
Lyre résonne encor avant que je te brise,
Pour jeter tes débris sous les pieds des passants.

PAGES D'ALBUM.

—

I.

A Madame A. B.

Devant vos beaux yeux noirs si brillants, si voilés,
A quoi bon dérouler des vers tout étoilés
    D'images pures et choisies ?
Sur ce front dont l'éclat seul peut tant éblouir,
A quoi bon déposer et faire épanouir
    Les fleurs des douces poésies?

Dites-moi si le vers le plus mélodieux,
Fût-il même un écho de ces chœurs radieux
    Qui chantent l'immortel cantique,
Vaudrait un simple mot éclos dans votre voix,
Doux comme un chant d'oiseau qui se perd dans les bois,
    Sur votre lèvre poétique ?

L'arbre aux rameaux en fleurs, tout parfum, tout espoir,
Pourrait-il envier à la brise du soir,
    L'odeur de l'herbe des collines ?
Et l'étoile qui dort dans un ciel enchanté,
Veut-elle qu'un rayon moins pur soit ajouté
    A ses lueurs toutes divines?

Voyez le lac, miroir solitaire et dormant :
Sous les rayons du jour, il n'a pour ornement
        Que le sombre éclat de ses ondes ;
Mais si la nuit sereine y vient pencher son front,
D'immortelles splendeurs tout-à-coup rempliront
        Ses vagues noires et profondes :

Ainsi, pour vous chanter, l'hymne limpide et pur
N'a qu'à s'étendre aussi comme un miroir d'azur ;
        Si votre front s'y penche et reste
Réfléchi dans ces flots jaloux de leur trésor,
Que pourraient-ils trouver qui ne pâlit encor
        Devant cette image céleste?...

II.

Nigra sum sed formosa.

Vous avez, belle brune à l'œil splendide et noir,
Non l'éclat du matin, mais les charmes du soir,
        Comme les vierges d'Italie,
Tiges que leur soleil fait croître avec vigueur,
Et qu'on aime bien mieux que la molle langueur
        D'une fleur dans le nord pâlie.

Vous avez la beauté des filles du midi :
La vague qui recule après avoir bondi,
        La pêche par l'été dorée,
Ont encor moins que vous de vie ou de splendeur;
Quelque chose de chaste à votre front rêveur
        Couvre une flamme tempérée.

Vous révélez à l'œil, par un accord charmant,
Une grâce nouvelle à chaque mouvement;
    Et, pour celui qui vous écoute,
Les mots, dans votre voix si mollement fondus,
Sont comme des oiseaux qui chantent, suspendus
    Dans leur harmonieuse route.

Heureux qui, plein d'amour, pressera votre main!
Qui, vous quittant le soir, pourra dire : à demain!
    Et lira dans un regard tendre!...
Car votre fier regard un jour s'adoucira,
Et, dans un pur éclair, sans lui parler, dira
    Ce qu'un mot ne peut faire entendre.

Il ne manque plus rien à votre âge accompli
Qu'à plier votre cou sur un bras assoupli,
    Et, sous la vigne au frais portique,
A dormir sur des fleurs, à savourer des fruits,
Et d'une chaste haleine à parfumer les nuits,
    Comme l'épouse du Cantique.

Heureux donc qui d'abord obtiendra vos aveux;
A qui vous laisserez dénouer vos cheveux,
    Noyant vos épaules divines :
Qui près de vous aura sa place pour s'asseoir,
Quand vous regarderez le bien-aimé, le soir,
    Descendre du haut des collines !

Car vous êtes ici comme une coupe d'or,
Remplie à déborder, sans le savoir encor,
    De tout un océan d'ivresse;

Coupe de sainte joie et n'offrant à chacun
Que sa forme superbe et que son doux parfum ,
   Mais qu'aucune lèvre ne presse.

III.

C'est une de ces figures
Dont le type est dans le ciel ,
Et qui revivent si pures
Aux toiles de Raphaël ;

C'est un de ces beaux fantômes
Que créa ton souffle ardent,
O Byron ! et que tu nommes
Des Péris de l'Occident.

C'est celle que le Cantique
Compare au lys des vallons ,
Qu'un autre appel poétique
Nomme la fleur des salons.

C'est un gracieux génie
Qui, sous les lumières d'or
Et dans des flots d'harmonie,
Semble prendre son essor ,

Dans ces magiques soirées
Où son corps retrouve enfin,
Pour des danses éthérées ,
Ses ailes de séraphin ;

Où, dans ces heures si folles
Que consument les flambeaux,
De ses lèvres les paroles
Volent comme des oiseaux,

Et surpassent, applaudies
Par son cortège d'amants,
Les plus belles mélodies
Que chantent les instruments;

Où sur ses pas elle entraîne,
Astre, dans son tourbillon,
Tous ces cœurs dont elle est reine,
Dans son lumineux sillon.

Lorsqu'elle arme, pour répondre,
Son regard doux ou moqueur,
Sous cette flamme on sent fondre
Et s'anéantir le cœur.

On donnerait toute chose
Pour remplir un de ses vœux,
Pour qu'une métamorphose
Vous change en ses noirs cheveux,

Et, comme leurs molles tresses,
Vous permette nuit et jour
De promener des caresses
Au voluptueux contour

De ces épaules plus blanches

Que la fleur de l'amandier,
De ce cou pareil aux branches
Que leurs bouquets font plier.

Devant cette fleur si rare
Qu'elle n'a pas une sœur,
C'est ainsi que l'on s'égare
Dans les rêves de son cœur,

Qu'elle ouvre, fée ingénue,
Devant nos émotions,
Comme un soleil dans la nue,
Tout un ciel d'illusions.

IV.

Un souvenir errant dans le passé limpide,
Un parfum que répand on ne sait quelle fleur,
Un ange, repliant son aile au vol rapide,
Et sur nos bords lointains se posant tout rêveur,
L'arbre que bat le vent, l'onde que bat la rame,
Tout ce qui donne au cœur pensée ou sentiment,
Sont les traits gracieux, les symboles que l'âme
        Doit employer en te nommant.

Quand ton œil, comme un voile, abaisse ta paupière
Et nous dérobe ainsi cet éclair gracieux
De ton âme, où tout n'est qu'amour et que lumière,
Tu sembles fuir la terre et remonter aux cieux :

Mais quand ta lèvre ouverte à la douce harmonie,
Que tu sais épancher comme un céleste miel,
Nous dit ce qu'aurait peine à nous dire un génie,
    Tu sembles descendre du ciel !

Tu passes sur la terre ainsi que la colombe,
La colombe qui n'a qu'un pur roucoulement,
Qui se plait à poser ses pieds sur une tombe,
Et vit dans la tristesse et dans l'isolement ;
C'est ainsi que tu vas, ainsi va ta pensée,
Et nous dirons un jour, si tu fuis avant nous :
L'ange de la tristesse avait l'aile lassée,
    Il dort sous un soleil plus doux !

NOTES

—

L'auteur n'a voulu compléter ce léger recueil que de
pièces remontant aux inspirations de la jeunesse et ré-
server pour un autre volume les poésies d'une date plus
récente et d'un ton plus sévère que la plupart de celles
qui se trouvent ici. Vient le temps où l'on doit retrancher
de la lyre *cette corde amollie* dont parle le poète ; c'est
aussi ce que nous avons fait pour le nouveau livre qui
paraîtra prochainement.

Page 79.

L'*Hymne au Drapeau Tricolore*, reproduit dans le
temps par des journaux, appartient à une date déjà si
éloignée, de nous, que l'auteur eût hésité à le faire pa-
raître dans ce recueil, si des évènements plus récents
ne lui donnaient encore un certain à-propos. Ne pour-
rait-on pas, en effet, le rajeunir en lui donnant pour
épigraphe ces belles paroles de Lamartine, que tout le
monde a retenues :

« Citoyens, pour ma part, le drapeau rouge, je ne
» l'accepterai jamais, et je vais vous dire, dans un seul
» mot, pourquoi je m'y oppose de toute la force de mon
» patriotisme :
» C'est que le drapeau tricolore, citoyens, a fait le
» tour du monde, avec la République et l'Empire, avec
» nos libertés, nos gloires, et que le drapeau rouge n'a
» fait que le tour du Champ-de-Mars, traîné dans des
» flots de sang du peuple. »

Page 83.

Ces fragments devaient faire partie d'un poème resté inachevé. Il eût été formé d'une suite de tableaux ou épisodes, liés entr'eux par de courts récits. C'était une espéce d'étude psycologique dont la pensée fondamentale n'apparaît que vaguement dans ce qu'on en donne ici ; mais on a cru pouvoir placer, dans ce livre, ces morceaux, comme pièces détachées.

TABLE.

www.ingramcontent.com/pod-product-compliance
Lightning Source LLC
Chambersburg PA
CBHW060828250626
47162CB00005B/1984